U0914087

大魚讀品
BIG FISH BOOKS

让日常阅读成为砍向我们内心冰封大海的斧头。

相约博物馆

MEET ME AT THE MUSEUM

[英] 安妮·扬森 _ 著
姚瑶 _ 译

北京联合出版公司
Beijing United Publishing Co.,Ltd.

献给我挚爱的年轻人——弗兰克、科马克和霍莉

引言

总有一天我要去往奥胡斯[1]，
去看一看他泥炭棕的头颅，
眼睑上温柔的眼袋，
还有他那尖尖的皮帽子。

——谢默斯·希尼[2]《托兰人》

1 奥胡斯（Aringrhus），丹麦第二大城市。
2 谢默斯·希尼（Seamus Heaney，1939—2013），爱尔兰诗人，1995 年获得诺贝尔文学奖。

亲爱的年轻姑娘们：

我又一次从阿联酋的沙漠与绿洲返回家中。在书桌上，我看见了你们热情洋溢的来信。这些信件唤醒了我内心的渴望，我渴望你们以及其他更多人，都能通过这次在丹麦沼泽进行的古怪探索对我们的祖先产生兴趣。所以，接下来，我写了一封几页纸的“长长的信”给你们，也给我的女儿伊丽莎白——她和你们同龄。如果有人希望对我们的远古时代多些了解，希望获得专注此类研究的学术论著未曾涉及的更多的知识，那么这本书也是献给他们的。只是我的时间太过有限，光是写完这封信就颇花了我一番工夫。不管怎么说，信就在这里了。从那时到如今，你们已经长大了许多，对于我所写下的有关两千年前沼泽居民的这些篇章，或许能够有更好的理解。

你们真挚的

P. V. 格鲁伯（教授）

1964年8月13日

来自P. V. 格鲁伯所著《沼泽居民》（费伯书局1969年版）序言部分的选段：格鲁伯教授回信给一些女学生，鉴于她们最近的考古发现，她们联系了他。他的书《沼泽居民》就是献给那些最先写信给他的女学生的。

贝里圣埃德蒙兹

11月22日

亲爱的格鲁伯教授：

尽管我们未曾谋面，但你曾为我写过一本书，为我和我的十三个同学，还有你的女儿。那已经是五十年前的事情了。那时，我还年少；而现在，我已不再年轻。不再年轻这件事，近日来始终盘桓在我的脑海里，这促使我给你写了这封信，想看看你能否帮我弄明白心里的这些执念。抑或如我所希望的那样，通过书写，我或许能厘清自己的想法，因为我并不奢望你会回信。就我所知，你可能已经去世了。

我的其中一个想法，是关于那些未完成的计划。你一定明白我的意思——如果你还活着，现在也已过了耄耋之年，但年轻时，你一定也遇到过这样的状况，你以为这件事会发生，结果却没有。比如，你可能承诺说要尝试某种运动、养成一种习惯、投身一门艺术或掌握某种技艺。但现在你做不到了，因为你早已丧失了身体的灵敏与耐力。对于为什么之前没去做这些事情，你一定能给出许许多多的理由，但没有一个理由有足够的说服力，没有一个理由经得起推敲。你不能说：我打算学油画，但我学不了，因为我对颜料里的化学物质过敏。结果呢，时间一往无前，生命就这样一天天流逝，但兑现承诺的那一刻始终没有到来。就我自己而言，我发誓要去丹麦旅行，去看一看托兰人[1]。我当然没能做到。从你写给我的书上，我知道他周身只有头部是经过特殊保护的，而他美丽的手和脚都未经任何处理。不过仅有他的脸也足够了。他的面庞印在你那本书的封面上，也被钉在了我的墙上，我每天都会看。他的脸庞每天也都在提醒我他的安详、他的尊严、他眉宇间的智慧与顺从。这张脸就好像是我祖母的脸，那可是我最亲爱的人啊！我仍旧住在东英吉利亚，这里离锡尔克堡博物馆有多远呢？直线距离是六百英里[2]吗？跟来回一趟爱丁堡的路程差不多。我曾经往返过爱丁堡。

尽管我困惑于此，但这些都不是重点。我究竟是怎么了？这个托兰人的面庞在我心中是如此重要，我却连微不足道的努力都不曾付出。

东英吉利亚现在很冷，朔风凛冽，我给自己编了一顶巴拉克拉法帽，好在遛狗的时候为脖子、耳朵和整个脑袋保暖。出门前我经过走廊里的镜子，顺便观察了一下自己的侧脸，我觉得自己越来越像祖母了。而且，由于像祖母，我的脸也成了那个托兰人的脸——一样凹陷的脸颊、一样鹰钩般的鼻子。仿佛我也已经被封存了两千年，并将继续被封存下去。通过诸如此类的蛛丝马迹，

1　托兰人是 1950 年在丹麦日德兰半岛发现的一具木乃伊，生活在距今约两千年前的前罗马铁器时代。

2　1 英里约为 1.6 千米。

你认为我有可能属于那个托兰人的家族吗？我并非想方设法让自己与众不同，你明白的。他的家族里一定还有数以千计的其他人。我看着与我同龄的那些人，他们在公交车上、在遛狗时，或者在等着孙儿从售货车上选择一款冰激凌时，他们的脸上也都有着类似的轮廓，同样混杂着平静、仁慈与苦痛。也有更多人并非如此，他们的面孔麻木而模糊，皱成一团，甚至有几分愚蠢。

真相就是，我确实渴望与众不同。我希望1964年与你之间的联系是有意义的，并同两千年前埋葬在沼泽里的男人产生联结。我有些语无伦次了，要是你认为我不值得你浪费时间，你就不用费心回复了。

你真挚的

T．霍普古德太太

锡尔克堡博物馆

丹麦

12月10日

亲爱的霍普古德太太：

我看了你寄给格鲁伯教授的信。格鲁伯教授已于1985年去世。如果他还活着，现在得有104岁高龄了。也不是没有可能，但可能性太小了。

我想你在来信中提了两个问题：

1．有什么理由使你不能造访博物馆吗？

2．你同托兰人之间是否可能有远亲关系？

关于第一个问题的答案嘛，我会鼓励你付诸行动，来博物馆看看我们，这并不是很费劲。从斯坦斯特德机场有定期航班飞过来，或者，如果你愿意，你也可以从希思罗机场或者盖特威克机场飞到奥胡斯机场，这样来锡尔克堡是最方便的。博物馆每天都是从上午十点开放至下午五点，冬天则只在周末开放，时间为中午十二点至下午四点。在这里，你不仅能看到托兰人，还能看到埃灵妇人。此外还有一个展览，可以全方位了解生活在铁器时代的先民们。比如，他们的信仰是什么？他们如何生活？他们是如何开采并使用为那个时代命名的矿物质的？同时，我必须纠正你在来信中提到的一些东西。尽管托兰人只有头部经过特殊保护，但身体的其他部分也都经过还原。所以，如果你前来造访，看到的整个身体都同他从沼泽中被找到时一样，包括手和脚。

接下来回答你的第二个问题。我们自然历史博物馆的地理遗传学中心目前正致力于从托兰人的组织里提取DNA，这将有助于我们弄清楚他与现今丹麦人口族群之间的遗传联系。在格鲁伯教授的书中，想必你已经读到托兰人右手的食指呈现出正箕纹，同百分之六十八的丹麦人相同，这一点给了我们信心。相信这项研究会发现诸如此类的联系——通过研究维京海盗，发现英国人身上很可能有着维京人的基因。虽然维京人是在托兰人之后才来到丹麦的，但他们和当时的丹麦族群发生了通婚。所以，我会说，尽管可能性微眇，但你和托兰人之间也极可能有着家族渊源。

希望这些信息对你有用，如果你前来造访的话，很期待与你相见。

此致

馆长

贝里圣埃德蒙兹

1月6日

亲爱的馆长先生：

您真的非常慷慨，回复了我写给格鲁伯教授的信，还书写了您对我的问题的理解。然而那些并不是问题。我没有造访博物馆的原因和旅途上的麻烦没有任何关系。我已经过完了六十岁生日，身体还非常健康。我明天就能动身出发。在人生中，我有过几次未能如愿的旅程。抛开孩子出生和断腿的那一次，我一直强壮得足以爬上一架飞机甚至是一艘船，而后去往丹麦。

既然如此，我不得不去思索真正的原因可能是什么。由于您对不是问题的问题的回答，让我想对自己诚实一些。请注意，我此刻写信给您是为了搞清楚自己的想法，所以您完全不必为此费神，我并不奢望您的回复。

在学校里，我最好的朋友名叫贝拉。这并不是她本来的名字，也不是格鲁伯教授写在题词里的名字——那只是个昵称，基于她念意大利语单词的能力。她在语言方面并不擅长，在运用语言进行交流方面也很费劲，但是她可以将语言流利地表达出来。她最喜欢的单词是“小美人”。她会为每个音节注入更深层次的含义，随语境的变化而变化，于是这个单词似乎就有了更为丰富的内涵，当她说出这个单词时，单词本身确实显得意味深长。事实上，她说出来的一切词语都比其他人使用这个词语时显得更有意义，感情也更强烈。

我们的友谊贯穿了我们彼此的余生，从我们遇见彼此的第一天起，那也是我们来到学校的第一天。她比我要有趣得多。那时候她朝气蓬勃，热衷于冒险。她为我带来了能量与自信，我也因此很喜欢她。至于她喜欢我什么呢，我想可能是沉稳吧。我始终都在那里，时刻准备着握住她的手。我们一生都是朋友。应该说是她的一生吧，因为我还活着，而她正如您可以想到的，已经不在了。在这一生当中，我们都在讨论去看托兰人的计划。您看，我们一直都打算做这件事，却一直没有做。起初可能是因为在充分享受对这件事的期待之前，我们还不想就这样耗尽这份乐趣。又或者，我们也是有些害怕这件事将不再是我们的期待。我们希望它不管怎么说都是意义重大的——我没办法向您说明究竟是哪种重大意义——但去完成这件事却有着可能并没有那么意义重大的风险。我们在学校里的朋友们都去了，匆匆忙忙的。《沼泽居民》的译本一出版他们就去了，有人甚至在此之前就已经去了。他们回来之后，对于托兰人、格鲁伯教授和丹麦的一切都表现出更强烈的占有欲，尽管原本就已经很强烈了。贝拉和我都觉得他们很肤浅，根本不配，同我们将要拥有的经历相比，他们的经历根本不值一提。总有那么一天。

然而，在最恰当的时机到来之前，我们俩都犯了相同的错误，那就是太早结婚。我同肚子里那个孩子的父亲结了婚，开始深陷泥沼，差不多就是这种状态，作为农民的妻子过着生活。我有足够的机会来深思托兰人在泥煤里度过的那些世纪，堤坝的切割边缘显现出一层层颜色不同的沉积，我好奇自己会选择哪一层来作为长眠的床垫和羽绒被。我过的是被埋葬的生活，而贝拉的错误则截然不同，她嫁给了一个意大利人。有时我会想，要是我们没有给她那么一个昵称，她或许就不会嫁给他了。他是个既聪慧又善于摆布别人的人。我同他打过几次交道，那种感觉就像一边吃奶油蛋糕一边滑冰。他完全征服了贝拉。他把她折腾得憔悴不堪，等她瘦如一张薄纸、身体被掏空后，他带着他们的孩子回到了意大利。带着她的孩子。对一个女人来说，不过就是米兰而已，“收复”自己的女儿看起来也不是不可能，是不是？但就是不可能。太多人牵连其中，朝着不同的方向使劲儿，每个人都拼命想赢。这个链条当中的每一环——天主教会、法庭、社会福利机构——都认定自己的观点才是正确的。我自己从来就没有对任何事那么肯定过。十年之后，意大利方面获得了最终胜利，贝拉也去意大利生活了，为了离自己的女儿近一点。

在她离开前的十年间，在最黑暗的时光里，我们俩都曾各自提议一起去丹麦，然后另一个人就会否定它。

我说：“要是我们看一次托兰人的脸，或许就能借来些许他的平静。”

而她则说：“托兰人最重要的就是深谋远虑，你看这么多个世纪都过去了，可我却毫无远见。”

要么就是她说：“我再也无法忍受了，我们去丹麦吧。我们或许能有小女孩时候的感受，充满希望。”

我则说：“可我们已经不是小姑娘了，不是吗？在我们让自己期待好时光之前，必须先渡过难关。”

风平浪静之后，我和家畜、谷物还有自己的孩子一起留在家中。我们当然也会去看望彼此，在两地之间来回，然而对中年生活的关注早已让我们泯然众人。当来日与去日都平稳无差别的时候，我们思考、担忧、讨论所有在那时看起来最为重要的事情，无外乎金钱、健康、外表、伴侣和孩子。在那段时间里，我们几乎没有提起托兰人，尽管我也明白，我们仍旧深知自己还是期待着去看他，只要恰当的时机到来，我们两个人肯定都会知道是时候了。

贝拉从意大利回来时，感觉身体不太好。她进出医院，承受着这样那样的治疗，并且一而再，再而三地说着自己好了以后的事情。这一次我们确实制订了计划，我们真的查询了旅行路线，计算了开销，敲定了一份攻略。这种感觉就好像是我们要完成一个轮回，在我们的人生行将结束之际朝托兰人伸出手去，正如人生开始时那样。朝一只自过去保存到现在的手伸出手去，期待着成为某个链条上的一部分，以某种方式把自己封存进未来。

我们还没能出现在您的面前，她就去世了。我不知道如果没有她，我自己能不能完成这趟旅行。我从来没打算这么做。

您真诚的
蒂娜·霍普古德

锡尔克堡

1月20日

亲爱的霍普古德太太：

感谢你的来信，我自然明白我的答案并非你所寻找的那个答案。我的专业是事实。我收集事实与人工制品，并编纂目录，由此真实才能得以推演，我们也才能与铁器时代人们的生活以及那段时间建立起联结。我所从事的这份工作，最令我感到高兴的就是推测那些我们并不了解的真相，因为时间已经腐蚀了所有的证据。不过严格来说，这并不是我的工作。

我很肯定，如果我指出了你来信中不完全符合我们所知事实的部分，你也会原谅我。首先，你提到了在萨福克的泥土层中选择一个岩层（你用了一个非常出色的比喻来进行描述，我自己永远也想不到）作为最终的休息地点，就像托兰人的坟墓那样。我研究了你所在的东英吉利亚的土壤构成，发现其主要成分是上一个冰川期结束时遗留下来的白垩黏土，还有少量更轻薄的沙质沉积物，类似于河谷里的那种。尽管你的国家还有泥炭沼泽，但我不认为有任何一处毗邻你所居住的地方。托兰人是在两层泥炭之间被发现的，我想你应该不会愿意在你丈夫的农田里找这样一张床作为自己的长眠之地。

当然了，你所在的英格兰的区域同样有着铁器时代的居民。或许你愿意去造访一下沃勒姆营地，那是一处保存较好的土方工程，或者去格兰姆斯·格雷夫斯矿坑也行。

我看得出来，朋友的亡故让你很难受。所以，我想着不要让你伤心，但是你对托兰人“选择”将自己的身体留在哪里，以及最终在哪里被发现这件事可能有自己的误解，我不得不进行一下纠正。在铁器时代早期，大约是公元前600年到公元前300年，这个时期的风俗习惯是将尸体火化。火葬会通过某些仪式来进行，我们可以认为这是为了给死亡赋予荣耀，也是为了打开通往另一个世界的安全路途。一旦尸体被火化，骨头就会从灰烬里被挑拣出来，放在坛子里，或者用衣服包上，埋起来，被一起埋葬的通常还有一小块金属制品——一枚胸针或某个装饰物——正是这些殡葬冢中的遗骸让我们能够自信地谈论死者是被如何对待的。

托兰人并不是自然死亡的，正如我们所知，他并没有被火化。他被埋葬的地方远离任何住宅，处于某个区域的正中，那里曾被作为燃料开采地，我们可以肯定的是这种燃料对于他居住其中的族群来说是相当宝贵的。当时的温度比起今天来平均要低上两三摄氏度，即便是如今，丹麦到了冬天也会有很多时候夜间气温低于零下十摄氏度。除了取暖外，燃料对于将蔬菜和谷粒熬煮成粥来说也是必需品，我们从泥炭沼泽遗体肚子里的残留物和其他一些证据中发现，这就是当时的日常饮食。那个时期的人类是敬畏沼泽的。沼泽是神秘之地，不是陆地，不是水域，而是介于两者之间的某种存在，托兰人是不会将这样一个地方视作可以躺下来做最后休息的平静之所的。我很肯定这些内容相当枯燥沉闷，我真希望自己拥有一带而过的技能，能够更优雅、更快速地指向我打算说明的重点。我相信这个托兰人是个祭品，是想取悦保护着那些泥炭的无论什么力量。

现在呢，来说说你推迟良久的造访。你提到了你的丈夫和孩子们，如果你不想独自旅行，难道不可以和某个家庭成员一起前来吗？我自己也有孩子——我的妻子，唉，已经不在我的身边——他们常常和我一起做一些我其实并不介意独自去做的事情。他们很迁就我，我想用英语应该就是这么表达的吧。我很愿意带你参观博物馆，如果你能找到成行的方法。

此致

安德斯·拉森馆长

贝里圣埃德蒙兹

2月9日

亲爱的拉森先生：

您还继续写信给我，真是太慷慨了。我发现这是日渐变老的好处之一，人们都倾向于表达善意，比如帮我捡起我掉的东西，或是当我没办法摘下手套打开钱包来掏钱去支付我想买的东西时，他们也都耐心十足地排在我身后。可是您并没有看见我，您是在善待一个素未谋面的通信者。所以，谢谢您。您还告诉了我一些我并不了解的事情，我真为自己害臊。我在这块陆地上生活了一辈子，却对它的属性一无所知，我所知道的只是些很表面的东西，比如它的黏性啦；植被稀缺啦；可以种植树莓，不能种植杜鹃花之类的。我从来没有去看过任何铁器时代的遗址。不过我是要去的。真的。我在日历上标记了有空闲的日期，无论如何我都会在那一天去的。

那些生活在我们之前很久很久的人，生活在如此难以想象的环境之中，留下的东西又如此之少，但是那极少的东西又如此意义非凡，像您这样对这些东西知道得那么多，了解所有这一切，难道不会被自己的渺小绊倒吗？我希望英语里有一些非人称代词，比如“一个人”之类，如今已经没人这么用了，因为最后那句话读起来就好像是我把重要性的缺乏归根于您一样。对于您——安德斯·拉森——锡尔克堡博物馆馆长，我想说的是，但凡任何人知道您（这里我所指的就是您本人）所知道的这些东西，难道不会让他们觉得自己的人生微不足道吗？

您提到贝拉的死对我打击很大。确实，我很难过。我仍旧想念她，为她伤心，但是，您明白的，她已经彻底离开了——被火化了，正如您告诉我的，像托兰人的同伴们一样——散落成了灰烬，一点痕迹也没有留下。同贝拉相比，沼泽居民反而更像是刚刚死掉的人，或者说根本没死，而是存在于众目睽睽之下，承受着大众对他们曾经的样子与生活的瞻仰。

我写的这些毫无意义，我不会再写了。

最诚挚的祝福

蒂娜·霍普古德

锡尔克堡

2月21日

亲爱的霍普古德太太：

别觉得自己必须停止写信。你的来信让我思考，我也很享受这种思考，所以请别就此停笔。尤其是，我一直在思考创造了历史的究竟是什么，那种历史就是我的专业。延续下来的是什么呢？又是什么决定了哪些是得以延续的东西呢？

我首先想到的是暴力。托兰人和其他沼泽居民都是死于非命。如果没有暴行存在，他们的尸体将会被火化，就像生活在同时期的其他人的遗体一样。而且，要是看一看我们发现的属于他们生活时期的人造物品，就能看出有多少东西与杀戮相关。或许这就是为什么我们觉得自己微不足道（正如你所想的那样，我确实会这么觉得），因为我们不以暴力谋生，也不太可能死于暴力。这肯定很不错。我愿意接受无意义来换取一份平静的人生。

我的第二个想法则是美好。其他一些幸存品很日常、很普通，被意外地保存了下来。但绝大部分都很漂亮。它们被放进了坟墓，因为这些东西是最好的，或者就是因其宗教意义而被保存起来。在制造这些物品的时候，人们最关注与在意的就是美好与否，因为那是给神明的供品。

我认为，那些最先制作并拥有这些物件的人死去后，保存下这些美好的物件对于之后看见它们或者使用它们的人来说意义非凡，这份意义超越了物件的外表。我之所以有这样的观点，并非仅仅因为看到一个颈托或者生育护身符时的个人感受，或者是注意到了参观者的感受。在我的妻子去世时，她留给了我一只手镯，是我们在威尼斯度蜜月时一起买的，银质圆环，表面上刻着精细的纹路，那是一样可以拿在手里的东西，可以触碰，可以仔细研究，这东西本身也在等待他人来懂得自己的美好。现在我终于明白她已经不在了，因为我没有地方可以去看她，或者相信自己能够靠近她。没有墓地，没有骨灰瓮，没有撒落骨灰之处。所以，我将这只手镯视为我们之间的联结，即便我们已经永远分开了。我提到这件事仅仅是为了支持自己的美好理论，因为没有什么理由让我不能挑选一把梳子、一只手套或者一个钥匙圈之类她一生中触碰过无数次的东西作为让她靠近我的护身符。但手镯很漂亮，其他那些东西却不那么美好。

请原谅我在通信中插入了私人的事情。

此致

安德斯·拉森

贝里圣埃德蒙兹

3月6日

亲爱的拉森先生：

没有什么需要原谅的，我一直说的也都是很私人的事情，我也同样享受这种思考，所以我会继续写信，希望你会回信，要是你不再回信，我也不会气恼。

你的关于暴力的说法我不太赞同。我就生活在暴力之中，虽然这种暴力日渐减少。当然了，重伤与屠杀在我的人生中也是稀松平常的部分，我指的是动物，而非人。虽然不是针对人，这也确实是暴力。

在我刚结婚的时候，猪在农田里被人宰杀。屠夫是本地酒馆女房东的丈夫，长得活像个蜘蛛，身体短粗浑圆，长手长脚。年复一年，他都是那样一副蹲踞的姿势，提着桶，踩着地下室的台阶上上下下，粗暴地处理活物或者尸体。他没有牙齿，浑身上下散发着血腥味、污水味和汗臭味。如果说什么人是以暴力谋生，那么他就是。如今他已经死了，如果我在乡村商店里提起他的名字，人们只会在迟疑片刻后想起他来，或者干脆毫无印象。

待宰的猪会被拖进一处围栏，就在院子里的棚屋外边。我想你可能对于一头活生生的猪没什么经验，它们可是极其聪明的动物，但是体格上却不怎么样。操纵它们简单得可笑——只需要把一块板子举在它们的脑袋一侧，就可以引导它们去往你想让它们去的方向。它们能力有限，只能看见前面，其他地方全都看不到，仿佛只要它们看不见，世界就不存在似的。我们在英文里有这样一句俗语，“像一只待宰的羔羊”，意思就是一个被迫面对灾祸的无辜人。我总觉得这种说法描述的应当是头猪，因为羔羊可不像猪那么容易就被引向自己的死亡。

我疑惑于托兰人是否就是这样迈向死亡的。我看着他的面庞（当然是在照片里），想象着他肯定是像猪一样让自己被引向了沼泽和绳索，心无旁骛，只想走直线。你觉得在沼泽里会有个刽子手吗？一个男人被选中或者自告奋勇承担这项工作，献祭这个被选中或者自告奋勇将自己奉献给神灵的男子？我明白，我明白，你只谈论由物品和实物证据所得出的真相。你并不在现场，也没有曾在现场的人能够做出说明，所以我们又该如何了解当时的情形呢？

那并不是暴力，要我说，献祭才是关键。看看那些圣徒，他们将自己献祭给信仰，并因此在几个世纪之后，成为当下人们生活的一部分：在宗教日历里，在每个画廊的油画和雕塑里，在明信片上，教堂、街道、广场和建筑物以他们的名字命名来作为纪念。当然了，在那些圣徒和托兰人所生活的时代，献祭必须有价值。那是向比他们自己更伟大的存在而献祭。

我觉得我也一样献祭了自己，却毫无价值。我奉献了自己，首先是牺牲给了父母以及他们那一代人所认同的社会标准，他们不让我流产，也不让我在拥有孩子的同时保持单身。其次，我将自己奉献给了农田。我的丈夫——他的名字是爱德华——只要拥有土地、作物、存粮就心满意足，随之而来的就是每个季度都要完成的工作。我满足于此，但是季节变换是如此无情，工作数不胜数，我根本逃不开。从我献祭自己开始到如今已经过去了很久，那时候我太年轻，过了许多年我才意识到我是在牺牲，再也找不到比这更准确的说法了，我就是在献祭。爱德华每天都很满足，有什么东西也能带给我一样的满足感呢？或许是去丹麦的旅行吧——那样就足够了。然而我生命中的空白区域要是用这样轻率的方式着墨过多，似乎又太过分了。

我不希望自己听上去充满自怜情绪。并不是这样的。我也有愉快的时光，我们也有两个人在一起的幸福，我和爱德华，我们携手迈向老年。我有儿女，也有孙子，他们为我带来了幸福。但是有个很糟糕的前提，那就是在我的人生当中，其他诸多选项已然早早关闭，这样的我究竟错过了什么？

刚刚我从信纸上抬起头，透过窗户，看到我最小的孙辈正跑过院子，她是个还不到三岁的小姑娘，她停了下来，把手套往排水渠盖子的缝里塞。她正处于蹲下就同在椅子上坐下一样容易的年纪（时间已经过去太久了，我记不清自己那个年纪的样子了），她爸爸出现时，她几乎已经把手套塞进那条缝隙了。她的爸爸是我的儿子塔姆，他把她揪了起来，把她的手在自己的工装裤上擦了擦，而后把她带走了。她放声尖叫，就和猪的尖叫差不多。这情形令我忍俊不禁，开心了片刻。

多和我讲讲你的妻子吧。我想知道她为什么没有墓地、没有骨灰瓮，也没有骨灰。

最诚挚的祝福

蒂娜·霍普古德

锡尔克堡

3月21日

亲爱的霍普古德太太：

为什么没有墓地、没有骨灰瓮，也没有骨灰？这个故事对我来说并不那么容易讲述，如果你如我所希望的那样继续给我写信，我想保留到下一封信再来说。或者也有可能，等到你亲自造访位于锡尔克堡的博物馆，我们面对面来说。要是我愿意，我每天都能见到托兰人，和你的感受一样，他平静的神情总让我感动。你应当来看看的。

你的上一封来信让我明白了我们的生活是多么不同。这需要做些解释，因为我们的经历显然非常相似：我们都出生在战后的世界，这个世界并没有利害冲突；我们都结婚了，有孩子；我们都没有承受身体上的苦痛。每当我在深夜醒来，都会疑惑，说到底，我是不是浪费了自己的机会？我是不是应该用自己被赋予的时间和才华去做一些不一样的事情？我所研究的东西是那么微小，而它们所代表的却是那么庞大的存在，并且远超于我们的理解能力，这常常令我感到害怕。

换句话说，至于你，你就生活在自然界的大空间里，现如今这里的一切都改变了。我指的是季节，土壤，播种、成长、丰收的方式，动物的繁殖能力，以及这些改变所带来的结果。我不知道，你在夜深人静醒来时是否也会被自己每天都要处理的那些崇高的事情吓到？又或者，这一切对你来说太寻常了，所以你丝毫不会害怕？

你会在恐惧中醒来吗？我认为每个人都会，至少在某些时刻会。我妻子经常如此，在她还活着的时候，经常会在恐惧中醒来，而我醒来后总会宽慰她。我的妻子，她从不无聊，也从不平凡。每当我们谈论起各自的恐惧和梦想，她总让我觉得自己和那些在我触手可及范围之外的其他东西有所联结。现在她已经永远离开了，我也没有别的人可以聊这样的事情了。

在结束这封信的时候，一如往常，我要道歉。这并不是你开始与我通信的原因，并不是为了阅读我对于那些理论的观点，这些观念是如此宏大，我没有能力按照自己所期望的方式进行表述，尽管我的英文和你一样完美。

最诚挚的祝福

安德斯·拉森

贝里圣埃德蒙兹

4月2日

亲爱的拉森先生：

你错了，我之所以开始这段通信，正是因为被同样的思绪困扰，而你则用出色的英文表达得如此简洁。但是关于这个话题，我的回应则要等另一封信再说，正如你妻子的故事一样。因为，我有个故事要先告诉你。我去旅行了。我说过要去参观一下东英吉利亚的铁器时代遗址，于是我去了。我在日历上圈出了日子，而我也正是在那一天去的。这看起来就好像是一番小小的吹嘘。我决定了哪一天去，于是就去了，就在那一天。对我来说，这远不只是一种成就。我有了一个想法，其他人都把自己的生活安排得像一组连锁箱子，每个箱子都和下一个箱子紧紧贴合在一起（就像你们丹麦的乐高玩具。写下这些的时候，我意识到，我脑子里的东西要更加精细，虽然较少设计和色彩），他们可以在完全掌控一切的情况下从一个盒子移动到另一个盒子，并且自信满满，这就是离开一个盒子进入另一个盒子的正确时间了。而我的人生却更像是一堆木板，乱七八糟的。

不管怎么说，我去了铁器时代的沃勒姆营地要塞。那里距离我住的地方有五十英里，我自己开车去的。我真的去研究了巴士路线，因为我希望让旅行更像旅行，而不是像去了一趟商店。可是，要这么做的话，我就得迈过那一大堆摇摇欲坠的木板，离开家那么长时间，在这样一个特殊的时刻完全是不可能的。等我做了早餐、喂了鸡、处理好鸡蛋并且做好午饭，时间已经太晚了，所以我就开车去了。我打算插入一段我对沃勒姆营地的感受，因为它始终在我脑海中跳动着，必须得记下来才行。不过我会尽量客观，这样你就能看到我所看到的东西，就像你也去了那里一样。

那真是可爱的一天，充足的风和结实的霜冻让天空清冽湛蓝，而足够的阳光也让空气充满活力。在去的路上，映入眼中的阳光让我困扰，我得不停调整面罩来遮光。我不是那种拥有一副墨镜的女人（我猜即使不说你也知道）。我也没有卫星导航系统，不过我记住了抵达沃勒姆途中要经过的地名——塞特福德、斯沃弗姆、小沃尔新厄姆——然后安全抵达。

我把车停在了村子里。那里并没有道路标识，不过有个女人从我停车的路边的房子里走了出来，我的第一个想法就是她要来指责我把车停在那里。爱德华和塔姆——我的丈夫和大儿子，永远对那些多看我们四百英亩土地哪怕一眼的人充满警惕，就好像他们对这地方拥有至高无上的主权。穿行于其中的人行道对他们来说是接连不断的侮辱，而且深谙在人行道上你能做什么、不能做什么的规则下限。所以，我以为这个女人是来告诉我，享受从自家花园里看出来的视野，而没有我的车子停在前面碍眼，是她的权利。

“我可以把车停在这里吗？”我问道。

“当然了。”她说，“没有不让停的规定。”说着她便开始修剪起玫瑰，显然她从屋子里出来就是为了做这件事。我便向她打听了去沃勒姆营地的路。她走了过来，挥起修枝剪，指向了我应该去的方向。她对我说，如果我对古代的土方工程感兴趣，还应该去一下小提琴家山地古冢。

“虽然这两个地方除了堆在草地上的土丘之外什么也没有，”她说，“但这两个地方都很美，今天这种天气去正合适。”

我便出发了。我需要的所有东西都在一个小背包里，这个背包是我的一个孩子曾经当书包用的。我觉得它会让我站着的时候腰背比平常挺得直，而且能一直保持笔挺的姿态，头也能抬起来，让我在环顾周围的一切时就好像一会儿要参加关于我看到的东西的考试。从某个角度来说，我确实是在考试。请把这封信作为我的小测验，用红色墨水批改，并用十分制打分。

那是一条很窄的小路，所以路上并没有擦肩而过的车辆，只有一队骑行者，穿着莱卡面料的衣服，聊着天。我开始设想当我到达那地方时会看见什么，这才发现，我根本不知道自己期待看见什么，尽管我已经在互联网上研究过一番。我开始害怕自己期望过高，结果免不了要失望。

我来到了一座小桥边，驻足观望脚下淙淙流过的河水。三个女人从我身旁走过，和我要去的方向相同。她们脚踩登山靴，手拿登山杖，还穿了专为户外活动设计的那种夹克衫，价格远远超过一个理智的人会花的钱。最后那句话是我丈夫说的，它就那么跳进了我的脑袋，并不是因为我觉得谴责这些女人是正确的，而是为了不让自己失去自信——我穿着喂鸡的拉链靴就出了门，背着孩子的帆布背包，穿着老旧的棉布滑雪衫，在我把它挂在金属丝上的地方还有着凸起。其中一个女人也同样背着帆布背包，上面有很多口袋，有些是网格的，这女人高挑而结实。另一个女人娇小美丽。第三个女人则瘦得皮包骨头，很难看，穿着极其不合身的裤子，又肥又短。

“天气真好。”她们走过去的时候，那个高个儿女人说道。我等她们走过去了一点才跟上去。我想她们肯定跟我一样是去沃勒姆营地的，所以我很生气。我之所以来到这里，是想近距离地感受很久很久以前生活在这里的人们，或许还是托兰人的亲戚。而现在呢，我却要和三个女人共享这个地方，我总觉得这三个人肯定是以很轻率的方式来这里打个卡，把它放在已经去过的重要地点的清单里。那一刻我深感绝望，希望贝拉和我在一起。她能够懂得我脑海中那一团乱麻的想法，那些想法让我把这趟旅行当作很重要的事情来对待，去造访不知名之地中心的某个土丘。不像走在我前面的那些女人，贝拉是不会穿上最合适的鞋子的（实际上并不只是眼下的场合，她总是能在脚上穿上和当时场合完全相反的鞋子，却总是一样漂亮）。我想和身边的某个人说“你看那个呀”，并且知道她能明白我想说什么，即便根本就没什么可看的。

“我在看。”贝拉可能会这样说，“我能看到的就是草叶子，但这些是我们双脚踩着的草叶子，我们的四只脚。我们来动动脚趾吧。”

随后我就想到，即使不是现在，但之后在某封信里，我也可以对你说“看那个呀”。我希望你别认为这样说很冒失，觉得我是把你塑造成了一个替代品的角色，替代曾经是我最好朋友的那个女人，只是给你写信确实开始变得像在同她说话一样。

路就在一片耕地边，出于习惯，我停下脚步，看看自己能否认出种在其中的作物（是一种谷物，眼下还看不出是什么）。当我来到沃勒姆营地的入口处时，那些女人已经不在视线里了。通往遗址的小径两旁都立了树篱，草地上还凝结着霜冻，我还能看见她们靴子的痕迹。

我选择走在靠近树篱的地方，那里没有她们的脚印，我试图保持好姿态，仿佛我比走在我前面的那些穿着入时的女人更有资格出现在这里。

然而，当我走出小径，来到露天的圆形竞技场时——这是正确的说法吗？——那里是否有其他人，其他活着的人，对我来说一点也不重要了。这地方就像是为死人准备的地方，我原本以为它会像是教堂的地下室，在这里，死者比我们这些还走在人生路上的人更有优先权。我不知道那是什么——恰到好处的天空、兔子的抓痕、鼹鼠丘，被草坪覆盖的筑堤是那么精巧，又不失天然，就好像建造了这里的那些人随时都有可能拿着大镰刀和铲子，赶着羊群翻过筑堤。

你会告诉我——你是知识渊博的人——这里当然不是为死者准备的地方。那里并不是坟地或者古墓，而是人们生活的地方。为了这次拜访，为了制定旅程，关于被埋葬的过去我思考了很多很多。此刻，我就站在过去的人们曾经生活的地方，而我却一点也没有想起这些来。土方工程旁的土垄就像是可供人们坐下休息的长凳，我就是这样做的。我坐了下来，并且开始想象我面前的空间内可能发生过什么，但我马上就意识到，我并不知道。我来得太着急了，毫不怀疑自己会被这个营地打动，所以完全没有费工夫去查找任何事实。我取下帆布背包，拿出了从网上打印出来的资料。就这样一天坐在这么一个地方，自始至终都在看一张纸，让我觉得大错特错。我明白了在我自己没有这样做之前，我丈夫爱德华的感受。他从来不会去书里寻找自己想知道的东西。他宁愿相信本能、经验、土壤的质地、风的方向，或者是其他农民同伴只言片语的建议。我们的儿子塔姆，和他一起种地，会阅读所有的农业报纸，并且试图让他的父亲对报纸上的东西产生兴趣，但是爱德华却说："哦，没错，当你的眼睛盯在那些文字上的时候，你得错过多少征兆啊！"

这是结婚之后我才对他有所了解的事情之一，他认为阅读毫无意义。我很疑惑，如此不同的我们是怎么一起生活的。而现在，四十年过去了，我却能够理解他那种言论的意思了。我希望能够观察自己，从我所看见的东西里去学习，而不是从我读到的东西里去学习。可我却没有经验，也没有朋友来帮我解读那些信息，所以我便扒来扒去地寻找我的老花镜。那个相貌平平的瘦女人走了过来，站在了附近。我对上了她的目光，她就像她的同伴先前做的那样，评论了一番今天美好的天气。我放弃了寻找老花镜。如果无视那些户外装备，仔细去看她，会发现她看上去不太健康。她脸颊的颜色、纹理还有形状都像极了仲冬时节从地里挖出来的甜菜。

“我以前从没来过这里。”我说，“来之前我读了一些有关这里的资料，但是现在我想不起来自己都读到过什么。”

“我很了解这里。”她说，“我学的是考古。告诉我你想知道些什么，我看看能不能帮上忙。”

所以，你看见了，这里就有一张纸的替代品。一个路过的考古学家，名叫玛丽恩。她也在筑堤上坐了下来，挨着我，给我介绍了这片遗址，而后又介绍了自己。

在她说话的时候，我觉得铁器时代的居民和罗马人就在我周围走来走去，正忙着去做饭、洗衣服，或者像我一样做些家里用的物件。就好像这里可以是两千年以前的过去，也可以同时是两千年以后的未来，那时也会有另一对陌生人在我此刻生活的地方相遇，通过我最好的那套绿色的登比[1]餐盘以及虽然锈迹斑斑但仍可辨认的八号编织针来挖掘我所过着的生活。有些东西是在沃勒姆营地发现的，玛丽恩说，是在鼹鼠丘里找到的，或者在兔子破坏了堤坝时发现的，还有一些则是人们抱着寻找东西的目的挖掘出来的。我被一点深深吸引了，土地就像是一大堆苹果，每天都有手伸进去，拿走最上面的苹果急用，然后再为明天填满。可时不时就有一只手会深入顶层之下，或者一只老鼠从裂缝中潜行进去，破坏了靠下面的部分，于是年头久远的苹果得见天日，它们的样子看起来是那么陌生，早已被遗忘。这让干农活同你的工作看起来更接近了一些——我做的都是拾取并替换最上层苹果的工

1 Denby，英国经典瓷器品牌。

作，而你的工作就是深入苹果堆探得很深的那只手所做的。

玛丽恩和那些女人并不如我预想的那样是那种事业成功的女人，做了一辈子朋友，消遣活动就是一起徒步旅行。她们是在专为从乳腺癌中康复的女性安排的聚会中结识彼此的，她们都同意每个月做些什么事情来帮助自己聚焦于活着的奇迹之中。这个小组，玛丽恩对我说，原先的规模比现在大得多。我真希望贝拉在承受她们曾承受的这一切时，也能遇到这样一些女人。这个想法一冒出来，我就知道，贝拉是不会加入她们的。她实在是太时髦、精力太旺盛了。我不知道如果处在她们的境遇当中，我自己会作何反应，但我觉得我会轻而易举地瓦解在她们友谊的怀抱中。我希望自己会。

现在，我在想——在写下上面那段话之后——您的妻子是否也死于这种疾病？你能忍受不再阅读吗？如果你不再写信来，我会明白，尽管只要想到这个就会让我觉得若有所失，比我原本以为的要更严重。

其他人也过来了，我们从帆布背包里拿出装在瓶子里的咖啡，分享了饼干。随后她们出发走回沃勒姆，我则继续沿着小路往小提琴家山地古冢走，正如我的预测一样，就是个土丘。

玛丽恩告诉我，这个遗址的时间可以追溯到铁器时代之前，在之后的许多个世纪里，古冢可能是用来埋葬死者或者是火化后的骨灰。我所感受到的正是自己期待的那种感觉，当我来到沃勒姆营地，就好像我能够把手放到草地上，想象着地下深处堆积起来的其他手骨，不管怎么说，仍旧触手可及。而这里呢，那么冷，我又很饿，几乎没什么可看的，所以我又步调轻快地沿着小路走回了沃勒姆，去小酒馆喝了一碗汤。

我停车的那栋房子里的女人就在吧台服务。她问我有没有找到营地，有没有去山地古冢。“找到了，”我说，“去了。”她抱歉说让我去了古墓。

“你离开之后，我想起来那地方根本不能算是个漂亮的地方，尤其还是在冬天。市政委员会在那里种了一园子品种古老的苹果树，只是在这个季节还是一大堆光秃秃的枝丫。”

为了弥补我可能对实地情况产生的失落情绪，她便告诉了我这地方是如何得名的。传说人们发现了一条隧道，这条隧道从一个叫布莱克尼的村庄一直通往滨哈姆的小修道院，就是沃勒姆旁边的村庄。没有一个人有勇气下隧道，唯独一个小提琴家例外，他带着他的狗就出发了，一边走一边拉琴。那个地方的名流全都在地面之上跟着他一起走，由小提琴的声音指引着，直到琴声停在了如今小提琴家山地古冢那个位置。他们都猜测是魔鬼抓住了他和他的狗，于是建了一个土丘来标记这个地点。在战争期间，修剪玫瑰的酒吧女招待告诉我，古冢被清理掉来拓宽道路，他们发现了三具人类的遗骨和——她往前探了探身子，压低了声音——一只狗的遗骨。

“没有小提琴的痕迹？”我问道。

“没听说有。”

我猜想这个隧道一定很低矮，进去的那个小提琴家肯定是弯着身子，只有正常人一半那么高。基于这个原因，小提琴家在我眼里就和我对你提起的那个杀猪的驼背屠夫一样。他是那种无所畏惧走在最前面的人，当其他人都畏缩不前时，他却偏偏有一种固执的愚蠢。

关于我的旅途，我没什么更多的东西可以告诉你了。下一次我会写得更轻松、更有条理，因为这一次是自我放纵的漫谈，我很抱歉让你费劲来读这些（如果你读了）。写下这些我并不抱歉，这样，我们当中至少有一个人能从这些字句里获得乐趣。

最诚挚的祝福

蒂娜

锡尔克堡

4月13日

亲爱的霍普古德太太：

读了你的来信，我犹豫着自己是不是应该去一趟你的国家，亲眼看一看地表上还留存的铁器时代的证据，正如你考虑着是否要来我的国家看一看保存下来的铁器时代的男人。很遗憾我不是那个给你提供信息的路过的考古学家，不过你在那里，我在这里，我并不知道她都告诉了你些什么。所以，我会为你的下一次造访写下自己的指引。这样说显得非常自大，因为我并非研究铁器时代晚期居住在那里的爱西尼人部落的专家。而且，我猜你可能会问的问题，没有人知道答案，那个问题是：居住在那个要塞的防御渠里的男人、女人以及孩子们都过着怎样的生活？我习惯于从有证据的事实出发。我会给你我所能提供的真相，而你则必须为我们两个来想象他们的生活可能会是什么样子。

托兰人生活在比艾斯科夫溪谷的沼泽地附近时，生活在沃勒姆山地要塞的人们应该是住在一种圆形棚屋里，棚屋的墙壁是由一圈竖立的柱子组成的，而屋顶是由一直触及地面的椽子支撑的。这和托兰人居住的房屋截然不同。在丹麦，他们会建起长屋，一个很大的长方形，在一头有空间给男人、女人和孩子，另一头则是给牲畜的房间。在同一时期不列颠的圆形棚屋内，一个人只能在屋子中间挺直腰杆站着，而这里就是进行家庭生活的场所——烹饪、吃饭、缝纫、制造工具。这一时期，这些已经是家中非常普遍的活动，可能也有其他诸如此类的活动。围绕棚屋的边缘是睡觉的地方，储藏间就在椽木之间，设在很低矮的地方。

我不知道这个要塞的群落有多大，不过那里应该有一些家庭，或许有三十个棚屋。这些要塞之所以存在，是因为那里有足够的地域来养活这样一群人，而不是首先出于防御，虽然入侵总是有可能的。在这样的群体当中，人们都过着稳定的农耕生活，你的想象——那些人手拿大镰刀和铲子翻过筑堤朝你走来——是对的。在周围的田地上，他们在夏季种植谷物，在牛的帮助下耕犁土地，用镰刀收获谷物，晒干之后为冬季储备起来。他们养牛是为了吃肉，同时也是为了拉犁，为了有皮毛做衣服，以及其他围绕农耕方面的用途。我们有证据表明他们经常吃牛肉，我们也有证据表明定居点的居民养羊也是出于同样的目的，但是吃羊肉的证据比较少。我们可以猜想他们养羊主要是为了羊毛，编织和陶器的制造一样，都是当时最普遍的工艺。夏天的时候，动物们会被带到很远的地方去放牧，但是在冬天的时候会被带回来给农田翻土施肥。

住在沃勒姆山地要塞里的绝大多数人会服从于某个大领主的权力，那是一个身边追随着武士的富人，声称自己对足够多的土地拥有所有权，并利用这些土地为自己和家人提供食物，同时也提供劳动力需要的粮食来让土地更高产。这里是有阶层等级的，工人、农民都在最底层。他们可能是奴隶，但就算他们在名义上是自由的，他们也没有别的方式可以为自己提供粮食和居所，只能通过劳动为首领服务。首领有更大的棚屋，有额外的房间或门廊，也有更好的物件和装饰品。即便是在死亡这件事上，首领也有着完全不同的待遇。在火化之后他会入土为安，墓穴是精心挖就的，骨灰盛放在骨灰瓮或者华丽的桶里，值钱的物品或者来世要用的物什也都随他一同下葬，就好像他会从头再活一遍。而穷人的骨灰在安置时可没这么有尊严，尽管如此，只要不是最贫穷的人，还是会有一些漂亮的物件或者实用的东西随葬。

要塞的居民在世俗事务上遵从首领，但是他们的宗教领袖则是德鲁伊[1]，德鲁伊教导他们相信来世的存在，这就是为什么有些东西放在身边陪葬就可以帮助你进入下一段人生，无论是怎样的人生。

从考古文物里很难发现证据来判断在这样的社会中女人是如何生存的。但是呢，在罗马人入侵之后，我们有了书面资料。在罗马人最先征服的不列颠地区，部落记载表明，恺撒说，在一个家庭单位之中，妻子应当由十到十二个男子的群体共享，这样兄弟、父亲或者儿子们带了一个女人进入自己的家庭，大家都可以将她当作自己的妻子。而她所生下的每个孩子，不管是谁的孩子，都算是她丈夫的孩子。按照恺撒的说法，丈夫们对妻子的生

1 德鲁伊是凯尔特族的神职人员，男女皆可，在族内担当祭司、法师或预言者。凯尔特族是公元前 5 世纪至公元 1 世纪散居在高卢、不列颠、爱尔兰、欧洲、小亚细亚和巴尔干半岛的蛮族。

死拥有主宰权。但布狄卡[1]则是德鲁伊教士的女教皇，她领导自己的教士发起了反抗恺撒的战争，所以沃勒姆营地的女人或许不用服从于丈夫们的支配。

我说了这么多的细节，也没有用有趣的方式表达，真怕你感到厌烦。所以，我就此打住。不过关于你的旅途，我还有最后一句话要说。在丹麦，我觉得不会有女人看到你独自坐在荒草丛生的筑堤上会过去同你搭讪。我相信绝大部分丹麦人会认为你是个喜欢独处的人，是你自己选择如此，他们会对此表示尊重。或许这位女士——玛丽恩——应该尊重你的个人空间，或许你也希望她如此，不过我还是乐于看见她成了这个故事的一部分，如果你没有遇见她，这就不那么像是个故事了——也不会是那么重要的旅途了。

谢谢你同我分享它。

安德斯

1 布狄卡（？—公元 60 年或 61 年），是英格兰东英吉利亚地区古代爱西尼部落的王后和女王，她领导了不列颠诸部落反抗罗马帝国占领军统治的起义。

贝里圣埃德蒙兹

4月20日

亲爱的安德斯：

我真希望我是在去沃勒姆营地之前收到你的信。正如你所说，我在那里时真正想感受的就是人们是如何生活的，在那个地方他们的生活会是怎样的。玛丽恩提到了他们制造的物品，却没有说他们是如何生活的，而现在，你给了我这些细节，让我可以更进一步去想象他们的生活。即便不可能描绘出活在那里的某个具体的人的生活，但现在我可以想象，比如一个女人，她站在自家门口朝外看，看看自己的丈夫和孩子是否在视线范围内、是否安全，可能是看见了、听见了，也可能是闻到了气味。我能描绘出一群公牛被赶往农田，身后拉着犁。在我的脑海中，我看见了袅袅升起的炊烟，看见泥土被经过的人和动物的脚搅动着。我听见了男人和牛发出的声音，他们呼唤着彼此；还能听见机械发出嘎吱嘎吱和呼哧呼哧的声音，虽然不知道是什么工具，但他们用它来制造自己所需要的物品、衣服和罐子之类；还有孩子们的声音。你并没有提到玩具，但是肯定有孩子们玩的游戏，还有他们用来玩游戏的东西。这是当然的，对吧？我觉得那个女人正在眨眼睛，在阳光下，在走出棚屋的黑暗之后。我止不住地觉得她在看、在听的时候会很紧张，对日常生活的一切充满警惕。她可能已经嗅到了烟味，以及人的气息和动物的粪便味。

我是在从自己的房子里走出去时想象这个女人的，就在我收到你的来信之后。那是个阴天，云朵在牲口棚后面堆积起来，尽管此刻还没有下雨，但外面的天色比屋子里还要暗。我从屋子里出来，去喂鸡，正如我每天早上做的那样。或许她也是一样。你没有提到家禽——或许它们没有留下痕迹，或者是专为人类吃下去而造就的鸟类当时还没有出现。我不太确定我想象的铁器时代的女人手中应当拿着什么，不过我是把饲料装在一个破旧的塑料桶里的，而之前它是用来装耗子药的。无论她拿着什么，反正不可能是塑料的，也不可能有着类似于消灭啮齿动物这种高技术含量的超前目的。我觉得啮齿动物可能是她会看见的东西之一，就在她站在棚屋门边时，那时啮齿动物被视作不可避免的存在而被接受。我后门外的院子是水泥地，爱德华是个非常细致的农夫，所以院子很干净。我能听见四轮摩托车的声音——是塔姆，他住在离农舍有几百米的平房里，正要出发去查看羊群。透过我身后那扇打开的窗户，我可以听见收音机的声音。尽管塔姆住得很近，他还有两个孩子，我却听不到孩子的声音，从这方面来说，铁器时代女人的生活要比我丰富。尽管当我看着自己的孙子们时，我很乐意看到每一天对他们来说都是一次冒险，然而在那个时候，我猜一个母亲或者一个祖母会把孩子活下来的每一天都看作战争的胜利。我能闻到忍冬长过了花园的围墙，装满有机废物的拖车散发着难闻的气味，里面的废物已经发酵完毕，可以撒向整个农田了。

我肯定拿着装鸡饲料的桶在那里一动不动地站了几分钟，因为爱德华走了出来，问我怎么了。

“没什么。”我说，“我只是看看周围。”

他站在我旁边，我们又一起看了看四周。他指出车棚上的天沟需要修理，还有一片荨麻已经过了除草剂能处理的阶段。

“有时候只是这么站着，然后看，还挺不错的。”他说。

比起我和铁器时代女人的相似，爱德华则更像是铁器时代的男人。他确确实实就生活在此时此刻，他们也必然如此。

我仍旧对你的生活一无所知。

最诚挚的祝福

蒂娜

锡尔克堡

5月2日

亲爱的蒂娜：

收到你来信的第二天早上，我走出家门，看向四周。我没有鸡可喂，而且通常情况下，只有到了上班时间我才会走出家门，而后我只想我是不是忘了什么东西，还有我到单位之后必须做的不知道什么事情。这对我来说是全新的体验——在早饭前走出家门，只是为了看看外面的样子。

我的房子和马路之间有一道树篱，现在是绿色的，不过冬天的时候则是红棕色的。我注意到树篱需要修剪了，这是一家之主的想法，而我则不想被看作一家之主，所以我走到了人行道上。尽管来到外面，我还是发现，根本看不到什么东西。我的大部分邻居都有树篱。尽管我住在锡尔克堡湖边的小山丘上，可还是看不到邻居们的家。我发现自己注意到马路表面裂开了，需要修理，于是我便抬头向上看。天空瑰丽壮阔。我向来热爱天空，但我注意它的次数却不太多。

我也几乎听不到任何声音。邻居家的旗帜拍打着旗杆，远处则是车辆轻微的嗡鸣声，但我身旁没有任何动静。一只鸟儿在歌唱，通过鸟鸣声我判断不出是什么鸟。我觉得就算我看见了它，也不太可能知道它的种类。我听不到孩子的声音。今天的丹麦，孩子们在一岁左右就会去幼儿园，由国家支付费用。除非我不小心在休息时间经过一所学校或者幼儿园，如果是晴天，孩子们就会在户外玩耍，除此之外我永远不可能听到他们的声音。通过敞开的大门，我能听到我下楼前播放的音乐——肖斯塔科维奇的作品。我唯一能够闻到的东西就是我自己的咖啡，尽管我发现咖啡总是在我鼻子底下把味道藏起来，我得有段时间不刻意去闻它才能闻得到。一旦闻到了，我就无法忽视这味道的存在。

没有任何人从任何一栋房子里出来。这里的居住环境很不错，我认识我的邻居，也喜欢他们，但是当我站在那里，想着你站在你的农家小院里正想象着铁器时代的居民，我想到我们的生活变得多么私密，多么自给自足。当然了，我们都是自己所在社会的一员，而与托兰人同时代的人们也是他们所处的社会中的成员，但这两种社会的构成方式是截然不同的。他们可能会是齿轮、方向盘、支架、杠杆或滑轮，每个人都通过自己的一技之长和所处的位置让整个社会正常运转。而如今呢，我们则像是球状轴承，自成一体，只有在组成符合目标的形态时才会加入其他人。

当我回到屋子里时，电话响了起来，是我女儿从哥本哈根打来的。我好像还没有和你说过我的孩子们。我没有办法在和你说我的妻子之前就先说我的孩子们。

我的妻子并不是死于乳腺癌，在读你的上一封信时，读到你描述那些女人因为承受了这种疾病而结为伙伴时，我并没有打住，我一直读到了最后。你有着在微小瞬间中找到乐趣的天赋，这天赋我曾经也有，但已经丢失了，其中一部分原因就是我妻子的故事很悲伤。我要是此刻同你分享了这个故事，我们今后的通信或许就能够以更欢快的调子进行。

我妻子名叫波吉特。她出生在城市里，在哥本哈根，然而在她五六岁时，她的妈妈没有能力再继续照顾她。波吉特记得那段黯淡的时光，饥饿、口渴、寒冷、消沉。她的爸爸出差回来时，发现她的妈妈去了一个公园，就睡在一张长凳上，这是她后来才知道的。波吉特被锁在公寓里，窗帘拉得严严实实。她在桌子下面做了个巢，衣服全都耷拉在地上。屋子里根本没有吃的。妈妈走的时候收音机开着，调到了一个古典音乐频道。后来她只要一听古典音乐就会哭，尤其是大型交响乐。

波吉特的妈妈被送去了某户人家，刚送去就去世了，至少人们是这么让波吉特相信的。她没有再回过一次家，回到这个有桌子的公寓里，也没有再看自己的孩子一眼。波吉特被送去和她祖父母一起生活，在我们国家东北角的某个海岛上。想想这种反差，光是窗外的风景就天差地别。在她此前的生命中，看到的都是其他建筑物和树顶，在建筑物和行道树之间是破裂的天光。而如今，她能看到的只有天空和一望无际的平坦陆地，除了树木之外，再也没有什么更庞大的东西打扰地表的平静。还有就是她的祖父母了。她的妈妈是个不按常理出牌的人。她睡觉、吃饭、出门、回来，想什么时候就什么时候。在她醒着的时候，如果没有在吃饭，就会为波吉特来创造。我明白“创造”在英语里是个及物动词，后面需要跟一个名词（我在学校里有个非常好的英语老师），但是我却很难想到后面到底应该跟哪个名词。游戏？艺术？食物？故事？这些全都有吧，但更多的却是创造出了不应该是一个母亲和一个六岁小女孩在哥本哈根的公寓里过的日子。

祖父母——波吉特管他们叫厄恩斯特和卡拉，他们的生活非常死板，就和他们盖房子用的石头一样坚硬而稳定。每天早上他们都在同一时间起床，走同样多的步子洗漱、穿衣，坐在同样的位子上吃早饭，一整天都是如出一辙。他们认为小孩子也应该养成规矩，这让他们有安全感。可波吉特的规矩就是毫无规矩，她每时每刻都在等着什么别的事情发生。

“什么时候才会不一样呢？”她问祖母。

“和什么不一样？”卡拉反问。

“就是不一样。”

“是哪种不一样？”她的祖母是个善良而有耐心的女人。

“就是不一样。”

他们不可能明白波吉特也不知道自己究竟在期待什么。那就是重点。意料之外。

在包围她的新环境当中，唯一不可预测的就是海洋，她开始为海洋而着迷。祖父母家的屋舍和海岸之间是崎岖不平的草地，她还那么小，却能跋涉过这段距离去往海边。她的妈妈对明亮的东西充满热情，所以孩子的所有衣服都是色彩鲜艳的，在满目灰色、绿色和棕色的大地上很是醒目，所以卡拉同意她走得远一点。这倒是挺出乎意料的，我们如今对孩子的安全问题多焦虑啊。波吉特说，大海之所以令她感到安慰，除了它时时刻刻都在变化之外，还因为它制造的噪声。在哥本哈根，处处都是噪声。

而在这里，除了刮风时的声音（经常刮风）和海浪冲击海岸的声音之外，什么噪声都没有。

在丹麦，孩子们七点去上学，所以波吉特对学校的最初经验是在岛上。这是另一种形式的秩序，也是另一种打击。此前她并没有见过多少小朋友，她震惊于他们同她的相似，却又那么不一样。我猜所有的孩子都能感觉到自己与其他孩子的区别，但是大多数孩子同样也会把他们之间的关系认为是一个家庭或者一个共同体。他们会找到各自适合的地方。但是波吉特却无法适应。

学校离家有一英里，卡拉每天送她去学校，下午再来接她回家。一天下午，波吉特竟然不在等待被接走的孩子们当中。老师说她那天根本就没去过学校。但是卡拉明明把她放在了学校门口，可波吉特却没有走进校门。那一天是丹麦天气——当我描述这种天气时，你会明白我的意思，我希望你把它当作东英吉利亚的天气。那一天很凉，刮着风，天空低垂，看起来几乎贴近大地，天空一望无际，天色很蓝，堆满杂乱无章的云朵。整个村子的人全部出动，开始寻找波吉特。人们穿过草原直到沙丘，揉掉眼睛和头发里的沙子，一遍遍呼喊着。现如今，如果不是盛夏时节，海岸上有一半的房子都是空的，但那会儿，房子里是有人居住的，那些人也全部出动了，开始在海岸上搜寻，男男女女掌着小船的舵，心惊胆战地在海浪和破碎的波涛间搜寻，同时也在水湾和干燥平静的沙滩上寻找。夜幕降临，孩子仍然没有找到。

在丹麦的那部分地区有很多小岛屿，都不过是探出海面的礁石大小。其中一个小岛从上到下都是裂开的，像是只能放进去一片面包的架子。在底部，裂口变宽，形成了一个洞穴，或者你也可以叫它小峡湾，那里被沙质地面遮蔽起来。波吉特失踪三天后，搜寻者在这里发现了她。她独自待着，那里有食物和毛毯，她看上去一点事儿都没有。

她讲的故事呢，是有个男性人鱼邀请她与之同行，于是她就去了。“你们是游到岛上的吗？”大人们问。“不，”她说，“他划着一条船，我则为他指明了礁石的方向。”每一个拥有船只或者能借到船只，并且能驾驶船只的男性——那几乎涵盖波吉特居住的岛上的全部男性——都被一一造访。这孩子没办法描述那个男人的样子，只是不断重复他是个人鱼，是海洋生物，但这根本就没办法将任何男人同礁石上的食物还有毯子联系在一起。搜寻一直扩大到毗邻的大陆，无论是在岛上还是在陆地上，许许多多无辜的男人都被做了无罪询问，或许在往后的人生中都没有真的被相信是无罪的，但也没有任何人遭到逮捕。

作为一个成年人，波吉特会承认男人鱼是不存在的，用小船带她走的只能是个两条腿的凡人。尽管如此，在她的心灵深处，却从未相信过这个结论。虽然她自己从没有如此说过，但我和她一起生活了三十年，我很爱她，所以我有立场这样说。她从不相信自己和其他人一样是这个世界的一部分。她是生来就该独处的人，就该躲藏在狭小的空间里，创造出这些空间的人和我的身高完全不一样，是另一种人类。对她而言，她的妈妈和男人鱼是真实的，孩子和我却不是。她和我们一起玩扮家家酒的游戏，而我们只不过是玩具，是帮助她表现得像我们的道具。每当游戏让她感到沉重时，她就会离开我们，几天、一个星期，有一次甚至超过了两个月。我从不知道她去了哪里，但我知道她在寻找什么，她在找通往男人鱼居住的真实世界的大门。随着年纪渐长，她的这种渴望也越发强烈。

几年前，我们在哥特堡和腓特烈港之间的轮渡上，刚刚结束一个庆祝结婚纪念日的小假期。那一天有风暴——狂风、暴雨、咆哮的海面。尽管如此（因为如此？），我的妻子却告诉我她想去甲板上。她觉得反胃，她说，因为船舱里的嘈杂和气味。我说我陪她一起去，她却说“不用，你留下看包”。她在走的时候把手镯递给了我。这只手镯她从未离身，但是由于她的闷闷不乐，人变得很瘦，手镯变得很松。她说：“帮我保管一下。它可能会从我的手腕上滑下去，我不希望弄丢它。”

从此我再也没有见过她。她的尸体一直没有找到。她离开了我的身边，就好像她全部的人生都只是梦一场，现在她想醒过来，面向崭新的一天。

我很惊讶地发现自己过去从来没有说起过这个故事，没有像我告诉你这样从头到尾完整地讲述过。我发现，要讲述对我影响至深的事情并不是那么容易。但讲出来以后感觉挺好的。那已经是一个既成事实，是一个已经过去的故事。

你的朋友
安德斯·拉森

贝里圣埃德蒙兹

5月12日

亲爱的安德斯:

在针对你的这封信说些什么之前,我想回到你在三月写给我的那封信,因为我觉得用这种方式来接近主题可能会更容易开口。

三月的时候你说过,我们的生活截然不同——我的生活根植于土地当中,充满变化,而你的生活则充斥着被时间固定的物品——那时你问:哪一种才是最好的?要是你知道自己还有选择,会选哪一种呢?我知道你这算不上问问题,比你在第一封信当中回答我问出的问题更不像问题(怎样去锡尔克堡,和铁器时代先民有关联的基因证据),但我把它当作一个问题,因为那恰好是我想问你的问题,或者说是想问格鲁伯教授的问题,在我们开始通信的时候,我就在想这个问题。真是令人震惊,不是吗?你毫无怨言地让我把你领向了怎么杀猪这种事上,还有我最好朋友的死亡,你肯定早就已经明白了我给你写信的真正原因,是不是?

你问我是否会在恐惧中醒来。我不是很容易感到恐惧,但是在贝拉去世后,我发现自己根本没有办法停止思考我的人生都有些什么，不分昼夜。有些时候，在我的头脑被“可能如何”的想法占据时，我就会感到恐惧。她死在临终关怀医院里。如果你们丹麦没有这种地方，我想你应该也听说过这种地方。临终关怀医院让离开对死去和活着的人都变得可以忍受。你会明白的，我现在才明白临终关怀医院是怎样的礼物，是怎样的福利。她的女儿艾莉西亚就在她身边，我也在。艾莉西亚是个情感强烈的姑娘，如果生气（她经常生气），她就会狂喊；如果高兴，她就会哈哈大笑、唱歌跳舞；如果悲痛，她就会动作激烈粗暴。因为贝拉，我很爱她，但是她实在太闹了。贝拉去世的那一天，临终关怀人员安排好了一切，她本来表现得很克制，可是我们一到停车场，她就激动起来。她绕着停车场跑了一圈又一圈，捶打墙壁，一直哭哭啼啼哀号个不停，哪怕在四分之一英里外的塞恩斯伯里超市都肯定能听见。而且整个临终关怀医院的人从窗口就能将我们尽收眼底，我不想被人围观，所以我坐到了车里，等着她自己筋疲力尽。

当你拖出脑海中深埋的想法置于眼前时，你就会发现自己其实一直都在想着这件事，即便有时候没有去想它，而这一认识产生的时间和地点则会成为一个记忆口袋。在某种程度上可以这么说吧，只要打开这个口袋，你就永远能够把所有想法完整地召唤回来，总有这样的时刻，不是吗？在临终关怀医院的停车场，艾莉西亚像只被狗惊吓的野鸡一样来回奔跑，我坐在车里看着，终于冒出写第一封信的想法。为什么我过着如今正过着的生活，一事无成、一无所获？我的人生对我来说是如此重要，那我为什么不能从一个置身于事外的观察员眼中来索取这份意义呢？要是我能做一个理性的选择，我会选择怎样的人生呢？要是我没有去青年农民的迪斯科舞会，没有遇到爱德华；要是我没有那么旺盛的好奇心，不那么喜欢动物，在走向性爱的时候更谨慎一些呢？要是我早就知道自己会做这样的选择，我还是很怀疑自己还能不能做出更理性的抉择。我与你的人生最突出的不同就在于，你的人生大部分在室内，而我则大多在户外。你在年少的时候想到自己的人生会是这样吗？肯定没有，我也没有。作为一个年少的女孩，要是我的面前有选择的余地，我也不知道自己会选哪一种。要是我能意识到有选择余地，我就可以从中做出选择，但我并不知道。我很清楚，要是我过上了一种和现在截然不同的生活，那也一定会是匆忙而短暂的冲动所带来的结果，就像我在二十岁时成为爱德华的妻子和塔姆的妈妈便是冲动的结果，这两种冲动肯定一样强烈而随意。那句话是谁说的来着，“谁能说，不管过去可能会如何，那个备选的人生并没有离我而去”？当我枯坐在临终关怀医院的停车场里，感觉自己的全部人生都放错了房间，这个房间什么事情都不曾发生。

艾莉西亚终于停下了脚步，瘫坐在一辆宝马车旁边，哭得像个孩子。我从车里出去，把她抱起来，带回到贝拉生前住的那间公寓。她走进卧房，扑倒在床上，脸埋在枕头里，轻声啜泣，无休无止。房间里一团糟，我开始收拾，这里就好像是刚开完派对，而不是刚过完一生。我捡起卧室和厨房周围散落满地的脏坛子，一一清洗干净。我把晾在架子上的衣服收起来叠好，它们已经晾干了很久很久。有些衣服是艾莉西亚的，比贝拉的要多，但我全都按照取下来的顺序给叠成了一堆，并没有区分活人和死者的衣服，这样做就好像她们两个人的生命永远都能相互交错。随后我又把沙发、地板和厨房桌子上的书都给收集起来，把它们放回书架上。有些书是意大利语的，是艾莉西亚的第一语言，不过大部分都是贝拉在看的书。我之所以知道，是因为在她生命的最后几天里，我们还讨论过我放回架子上的那些书。

收拾好厨房和起居室后——把东西全都擦了一遍，垫子也都填充好了——我走进了卧室。艾莉西亚似乎睡着了，所以我踮着脚尖在床边走来走去，弯着腰捡起了满满一怀抱衣服。当我抱着衣服直起身子时，发现艾莉西亚睁着眼睛正在看着我，一动不动，与此同时我注意到有本面朝下放的书，就在床边，艾莉西亚的一只手从封面下面伸出来，随时能把书掀到地上去。那是P. V. 格鲁伯的《沼泽居民》。在那一瞬间，我被击垮了。我任由怀里的衣服掉落在地上，就像艾莉西亚在停车场里那样，我跌坐在地，开始抽泣。

后来我才注意到艾莉西亚就坐在我身边，轻轻拍着我的手，用意大利语念念有词。她的另一只手则抓着一件紫色的绣花夹克，紧紧贴在自己的脸颊上，那是贝拉经常穿的外套，无论这件衣服和她身上的其他衣物是否搭配，她都要穿。直到黑夜来临，我们仍旧坐在地板上，在呢喃着安慰彼此时，那本书和那件夹克就横亘在我们中间。第二天，我写了回复你的第一封信。我希望在你举着手镯时，也有那样一个能坐在你身边的人，一个你能同他说一说波吉特的人。

读着你妻子的故事时，大部分时间我想到的都是你，你是怀着怎样的心情度过这样的日子的呢？我不认识她，但我开始感到自己确实是了解你的。我忍不住去想这件事对你来说意味着什么，被独自留在轮渡上，我不知道我会不会放纵自己自暴自弃。到最后我还活着，我的人生还有没有价值，我会为此号啕大哭。你的失去比我所经历过的任何失去都要重大，而且是如此突然，却又有着先兆。就好像波吉特已经去世很多年，可你却没有办法接受她已经离开，直到她真的去世前，永远也没有任何一个瞬间能够确认她就是去世了。在你的故事当中，你们的关系还有分离的方式都比我所经历的要激烈太多。如今，我很后悔自己喋喋不休于贝拉的死。我永远都不应该再提起她了。

关于这件事，我最后的一个想法是：很多事情无论你已经完成还是没能完成，经历过或者未能经历，毕竟你和波吉特有所关联，这对你们两个人来说都是特别的，比我们大多数人能有机会去了解的感情要更亲密、更深刻。很遗憾，你失去了她。但为了你，我又很高兴，因为她曾经活过，而你遇见了她。

谢谢你告诉我她的故事。

蒂娜

锡尔克堡

5月22日

亲爱的蒂娜：

在我给你写下这些文字时，我面前的书桌上放着我公文包里的东西。这些东西有：笔记本电脑、手机、午餐、《哥本哈根邮报》，以及你的信。在波吉特去世前，除了你的信之外，其他东西此刻都已经好好地放在了我的公文包里，不过还有一些她额外放进去的东西，每天都不同。可能是她画完的一幅画，或者是她把正在读的东西抄写下来给我，也可能是我们午餐的食谱。要是没精力做这些事情，她就会在我的公文包里放一只耳环、一只手套，或者一张照片。不管是什么，我都明白那意味着她还活着，并且打算在我回到家的时候依然活着。

她去世后，我重返工作，把笔记本电脑、手机、文件和午餐都装在口袋里或者夹在腋下，这样我就不用打开公文包，而后一遍遍去看，可是除了这些东西外，别无他物。当然了，只有最开始是这样，那时我还无法处理自己的悲伤。如今我又能带着公文包出门了，每天都会带着。但是每每打开它，想起里面并没有装着什么让我充满希望的东西，真的是非常沮丧。只要知道回到家时波吉特会在，对我来说就足够了。而如今，我只希望能够回到心存希望的时刻，曾经，生命中的琐碎小事也能让我感到心满意足，哪怕回到这样的时候也好。

她死去的那一天，是我们第三十个结婚纪念日刚过两天，是二十个月之前。在整个这段时间里，我的公文包里除了办公用品、食物以及那些我并不认识也永远不会遇见的陌生人的新闻之外别无他物。而今天，这里有了你的信。

谢谢你。

安德斯

贝里圣埃德蒙兹

6月1日

亲爱的安德斯：

我从来就没有过公文包，也从来没有随身带着午餐从家里到工作的地方去，只有在丰收时节才会偶尔带着三明治到农田里去。但是不管怎么说，我确实有一台笔记本电脑。

回头去看五月初你的来信，我看到你建议我们可以用轻快的调子来继续我们的通信，同时你又告诉了我你妻子的故事，我们反而变得愁肠满腹了。不得不承认，你的这封信让我哭了……要是我能想到有什么东西在你的公文包里能让你感到安慰的话，我会寄给你，就当它是在我没看见的时候自己掉进信封的。尽管有了这个可爱的想法，我却不应该同你分享，这样就可以成为意外惊喜了。再者，我可能永远也找不出适合寄出的东西，而且就算我这样做了，你可能只会把它当作我写信的时候不小心从书桌上拂落下去的垃圾。（你能看出我同你说话的方式就好像你正站在我旁边一样吗？）

现在呢，我打算用一些好消息来继续。我的女儿——玛丽，是我最小的孩子，上周她结婚了。我们去了村里的教堂，全部盛装出席，她的爸爸护送她走过长长的走道，她穿着朴实却优雅的裙子，看上去高贵极了，而爱德华穿着租来的晨间礼服，像是被捆起来的干草包。她嫁给了从立陶宛来的年轻男子，名叫瓦西里，我们把一些仓库改造成度假小屋，他来这里工作时同她认识了。他也穿着一身租来的晨间礼服，想让人看起来像一位为他的新娘加冕的波西米亚王子。仪式结束后我们去了一家酒店，在那里吃饭（我不用做饭，因此很开心）、发言。食物供应得很慢，发言又必须用一种语言说完之后用另一种语言再说上一遍，所以这个过程持续了整个下午。在这之后，除了玛丽和我，其他家庭成员都比平常喝得多，远远超过了对他们身体有益的量。立陶宛人比我的家人喝得还要多，但是他们很善于饮酒。他们的脸色从忧郁变得红光满面、神采奕奕，而屋子里我们这一方的人呢，恐怕大多数都从精神抖擞喝成了哭哭啼啼、争论不休。不过呢，玛丽看上去是那么开心，我看在眼里，也就开心了。

我从来没指望她结婚。你明白的，我并不主张一个女人一生只有成为一名妻子才能圆满——如果玛丽继续保持单身我也会为她高兴——但是我们都需要一个亲近的人，一个可以去关心的对象，这个人同时也关心我们，在遇到瓦西里之前，她似乎没有什么特别的朋友。她对我来说像个谜，当然了，我的三个孩子都是。当他们年幼、无助，需要关爱与照顾的时候，我没有问题。爱德华不擅长这种事情，但对我来说却是天性，我很乐意拥抱他们、安抚他们、同他们玩耍。很快他们就到了有些自我意志的年纪，我不知道该怎样对待他们了。他们太自我了，我感到自己似乎没有权利去告诉他们该做什么，甚至连给他们建议也没有资格。我从来没有为自己做过任何选择，或者说做过什么正确的选择，所以我是谁啊，能引导他们？在他们人生的这一阶段，爱德华表现得比我要好。我会这样说，他拉住他们的手，把他们引导去了那个终结。不过，真实的过程可比这要残酷（不是肉体上的意思）得多。他很自信，认为自己知道什么样的道路对他们来说才是最好的，他让他们别无选择，而他们好像也并不指望有什么选择。所以你瞧，他是对的。他们都以不同的方式终结于此，在农田里干活，而且看上去就好像想一直干农活。

我的两个儿子，塔姆和安德鲁，他们俩全都一头扎进了农田，没有左顾右盼地看过自己可能拥有的其他选择。而玛丽呢，完全可以当个会计师，所以就回来处理账本了。成功地让自己的孩子全部留在了他们长大的地方，永远环绕身边，这让我高兴，让我有所依靠。我的女性朋友们都恭喜我的妙计奏效。尽管我用的是“恭喜”这个词，但我知道，她们也知道，这跟我根本毫无关系，她们谈论的是在她们眼中我根本配不上的好运气。

玛丽不仅仅是农场里的记账员，她还帮许多农民和本地的农业企业管账。她也是满脑子都是如何提高农场收入的好点子的那个人。并不仅仅是降低投入，还有最大化地进行高价值输出——爱德华、塔姆和安德鲁无时无刻不在谈论这个话题——减少肥料，减少劳动力，高产作物。她也是为更换树篱、保养富余耕地以及规划水道寻到补助金的人。如果不是因为她，我们是不可能通过太阳能发电来赚钱的，我们也不可能为流动工人提供住宿，而瓦西里就是这样走进了我们的生活。

我以为玛丽永远都不会同任何人亲近，因为她似乎毫不在乎别人怎么看待她。她真的相当直率，说得不多，但凡她说出来的话，绝不是什么评论或者抒情，都是真相。要是有什么人说了蠢话，或者在她看来是错误的话，她就会说出来。有时候我觉得英语里有太多的选择，想表达一个简单的意思反而很困难。在交流之中我们想充分利用这一点，于是就把批评包裹在各种词组之中以降低它的伤害值，玛丽从不这样做。她又瘦又高，面部特征明显，就像她的妈妈一样，比起招人喜欢，怕是一直都更容易让人不喜欢。瓦西里话也很少，并不仅仅因为他的英文水平有限。同他的立陶宛同伴相比，他是比较安静的那一个。一开始我怀疑玛丽是不是因为他从不表达她反感的那些意见而喜欢他，但我并不明白他为什么会喜欢上她。然而，他们确实很适合彼此，在招待会上，我看着他们俩，知道他们会幸福的。可能因为他们一言不发将头转向彼此的样子，也可能是因为他们毫无意识也毫无目的地触碰着彼此。

所以，玛丽是幸福的；爱德华是幸福的，因为玛丽为家里的生意争取到了建筑技能；我也很幸福，因为我爱我的女儿，希望她幸福，只是在她不再希望我和她一起玩耍之后我不知道该怎样让她幸福。如今这个重担已经由瓦西里从我手中接了过去。

一个愉快的结果。和我说说你的孩子们吧。

最诚挚的祝福
蒂娜

锡尔克堡

6月12日

我亲爱的蒂娜：

感谢你愉快的来信，也感谢你的羽毛，我知道它不是在你写信的时候从书桌上掉下来的，而是你为我挑选出来的。你知道我总是同物件打交道，去理解一个物件的第一步就是能够说出它的名字，为它分门别类。我很喜欢这根羽毛，但是，当我打开公文包的时候，确实需要知道：它是从什么鸟身上来的？是这只鸟的哪部分呢？我可以查询书籍来辨认各种各样的鸟，甚至用网络也行，至少我希望能够为我的羽毛匹配上它的物种。但是你呢，因为你的生活方式，你同鸟儿更亲近，我很肯定你能告诉我我想知道的一切。我更愿意让你来告诉我。

因为你告诉我说你有笔记本电脑，所以我好奇你是否愿意用电子邮件的方式来继续我们的通信。在提出这个建议之前，我经过了谨慎的思考。如今我或许可以承认，当你第一封写给格鲁伯教授的信寄来时，我拿起这封信，写了回信，那时我有点气恼你的信里竟然没有留下电子邮件的地址。要是你留了地址，我就可以马上用电子邮件回过去。我可能会写一些类似于“很可惜格鲁伯教授已经不在我们身边。如果你想造访博物馆，请浏览网站”这样的话，然后可能会复制粘贴网址，最后点下发送键。我早就发现一封电子邮件写超过四行根本毫无用处，因为任何收到邮件的人都不会读到最后。

结果呢，我却要写一封信。我能够看到你读信的画面，我想象着你会缓慢且仔细地阅读，所以我觉得自己也必须缓慢且仔细地写信给你。我必须确认自己已经缓慢且仔细地读了你写给格鲁伯教授的信，这样才能答复你提到的那些要点。我们就这样继续了。我们写得很详尽，深思熟虑，为了做到这一点，我们两个人都要同样深思熟虑地阅读自己收到的信件。对我来说，写信和读信都成为意料之外的喜悦，我想确定我们不会丢失了这种喜悦——就是这种详尽和深思熟虑。然而，我实在太习惯于用电脑来进行交流了，我发现在我们的通信往来当中，寄信这件事有着很多这样那样的不方便——要找到信封、邮票，走到邮筒跟前，我很想在自己的想法冒出来时就让这些想法抵达你跟前，可是在确定你已经读到信之前要等上很多天。

所以，我有个提议。不要信封和邮票，我们可以把信件变成电子邮件。只有在确定你会像对待这些通过邮寄的信件一样认真对待电子邮件之后，我才会这么做。我很乐意去想象你把那些邮件打印出来，把它们保存起来，等到有时间的时候缓慢而仔细地阅读，而不是在邮件刚跃入眼帘的时候就点击附件，然后下拉屏幕。你会这样做吗？这会让我觉得同你的联系更紧密。如果你拒绝，我当然会继续使用信封和邮票。我会在雨中骑车骑上数英里，如果我必须给你寄信（本可以不这样），如果这是你会继续给我写信的唯一方式。如果使用信封和邮票是你喜欢的方式，那你也一定要继续这样给我写信。

你问到了孩子们。我有个女儿叫卡琳，还有个儿子叫埃里克。他们都是我的奇迹。在他们的成长过程中，我一直忙于让波吉特开心，所以从来就没有把他们当作独立的个人，仅仅是当作家庭中的一员，永远为了家庭的团结发挥作用。作为一家人，让波吉特开心就是我们的工作。我根本想不起自己为他们担心过，就像大多数家长担心孩子那样，我相信他们肯定都很焦虑。波吉特去世后，我们全都悲痛不已，只有在这时我才真正觉得他们都是成年人了，有自己的人生要过。

在波吉特还活着、孩子们也还年少的时候，我们经常去波吉特的祖父母居住的那个岛。那幢房子还在，还归我们所有。我们结识了另一个经常在夏日造访那里的家庭，如今那里已经是夏季游客的胜地了，但它曾经却是一个黯淡而闭塞的居住地。我并不是很享受那些假期。每次波吉特从我们身边走开，去往海边，或者沿着沙滩散步，我都很怕她再也不会回来了。我常常用力过猛地紧盯着她，结果眼睛就开始看到一些并不存在的东西。我会错把石头看成船，把灌木丛看成人，而且，就在她已经掉头回来朝我们走过来时，我仍旧坚信自己正看见她越走越远，这种情况经常发生。这种时候，其他父亲总是盯着自己的孩子，担心他们安不安全、开不开心，我却始终盯着我的妻子。孩子们总是安全的，他们都是通情达理、教养良好的孩子。而且，要是波吉特一直往前走，有那么一两秒钟走出了我们的视线之外，如果当时我还纠结于弄清楚那个反光或者阴影到底是什么，还有在大海和沙滩中间的那些东西，到底哪一个是我的妻子（哪一个？哪个？要是我用错了词你一定要纠正我），这种时候通常都是孩子们上前，两个孩子一起跑着追上她，提醒她时间太晚了；或者天气太冷了，又或者该吃晚饭了。

在她离我们而去后，我们三个人回了家，所以我只能盯着孩子们看了，我觉得自己好像是第一次注意到他们，看到他们是那样沉着冷静，我很震惊。我们全都处在最深沉的悲伤之中，每时每刻都在相互说话，大多是和波吉特还有他们的童年有关。我平常说得不多。我发现我不是经常有那些能够吸引别人兴趣的话可说，尽管别人会聊一些我其实并不感兴趣的话题，但我也很乐意倾听。所以，或许并不是别人缺乏倾听的意愿，而是我自己缺少说话的兴趣，这才是问题所在。在和孩子们聊天的过程中，我看得出来，即便是身处于悲痛之中，卡琳和埃里克都相当克制，能够管理好自己。我不知道这一切是怎么发生的，这和我没有一丁点关系。你说到你的女儿玛丽，你说自己不知道该怎样让她开心。我要很愧疚地说，我甚至想不起来自己曾经将让孩子们开心理解为自己的职责。

卡琳现在是个律师，在哥本哈根工作；埃里克是个建筑师，在斯德哥尔摩。他们做了如此明智却也很艰难的职业选择，为了做自己想做的事情，他们两个人全都上了很长时间的学，面对了大量的竞争。我觉得他们两个人的职业全都需要知识、耐心和一定程度上的创造力。他们两个都是我的骄傲。我希望常常见到他们，但并不能如愿，虽然他们俩全都很乐意来看我，也很高兴邀请我去看望他们。卡琳之前打了电话，说下个星期要过来度周末。我很期待。

快回信吧。别忘了那根羽毛。

最诚挚的祝福

安德斯

贝里圣埃德蒙兹

6月16日

亲爱的安德斯：

按照你的提议，我寄来了这个东西，就像是电子邮件的附件。我很热爱我们用来同彼此说话的这种方式，体力劳动包含在寻找信纸、信封、邮票当中，还有走到邮筒跟前，以及收到回信前的等待时间。所有这些都让我们的信件比屏幕上几行文档显得更郑重。我收到的大部分电子邮件都是农作物特价优惠通知、农业活动通知，要么就是提醒该我运营农贸市场里女性协会的蛋糕摊位了。而你的来信则是与此截然不同的另一个世界。惯用煤气灯和烛光，电力则还是新鲜的发明物，作为习惯于此的最后一代人，我很清楚自己在别人眼里是什么样子。我回望过去，而后写信，我知道新的交流方式有多便捷，但还是想保留逐渐被我们抛在身后的温柔与优雅。当然了，我很希望同你保持联络，所以这是一个附件，用电子邮件发送。我保证，如果你以同样的方式回信，我一定会打印出你的来信认真阅读，就好像它是装在信封里，从门口送进来的一样。你能做出同样的保证吗？你能认真地阅读，并且在发出回信之前认真地思考吗？当然了，要是我发现了什么别的想寄给你的东西，比如鸟的羽毛，还是会邮寄过去的。

这是一只母雉鸡翅膀上的羽毛。要不要告诉你我所知道的关于雉鸡的一切，我犹豫不决。关于我寄给你的这根羽毛，仿佛把你需要知道的信息都告诉给你，让第一印象得以建立，就好像你什么都不懂似的。我犹豫要不要告诉你我了解的一切，并不仅仅因为我不想假设你一无所知，同时也因为我说的话听上去可能是拼命想证明我也和你一样，了解一些事实。我说的话听起来好像是在拿自己对猎禽的知识来对抗你那铁器时代的知识。那绝不是我会做的事情，证明自己比别人强的野心，我少得可怜，向来如此。当什么人做了什么厉害的事情时，我可能就希望自己也能做到。但我从来不觉得自己有必要做得更好。我觉得这可能并不对。我应该对自己有更高的要求才对。

我打算和你说说雉鸡的事情，希望你不会感到太无聊。我们的农场有一片饲养场，本地一家射击协会在这里饲养雉鸡。这里每年会举办六次围猎活动，活动当天，一队拖着单斗或双斗的四轮驱动拖车会驶来农场，车上载满了戴着帽子、拿着枪的男人。几辆小货车也随后而来，车上有男人、男孩，偶尔也有女人。他们人手一根棍子，棍子上绑着白色塑料饲料袋。这些人从车里下来，一头扎进饲养场，挥舞着手里的棍子，将雉鸡从地上赶到空中。于是“枪手”们举起枪——就好像人类特意留下它们来进行这项运动，瞄准并射击那些昏头昏脑的雉鸡，而其中有些人前一天才给它们喂过食。这些雉鸡飞来飞去，不明白究竟发生了什么

（我是在拟人了——雉鸡是一种特别蠢的鸟，脑袋里根本就没有什么疑虑）。浑身污泥、兴奋不已但又很听话的狗狗们负责搜集雉鸡的尸体，这些尸体被挂在某种类似脚手架的东西上，这种架子就是为了干这个用才被安置在拖车上的。举行围猎时，天气总是很好，所以到了中午，这些“枪手”要么找一处遮蔽处歇脚，要么找个土堤坐下，吃起妻子准备的三明治。这一天结束时，他们会得到自己的那份雉鸡，带着脏兮兮的狗开着四轮驱动的拖车回家找老婆去。每到这种日子，爱德华和塔姆也是那些“枪手”中的一员，所以我从经验得知，妻子们都翘首以盼等着祝贺凯旋的勇士，她们会把战利品挂在方便的地方，随后去清理狗和枪带进厨房的泥土。等到这些雉鸡差不多腐烂到不能吃的时候（并不是真的腐烂到这种程度），感恩戴德的主妇们就会拔毛剥皮，把它们塞进冰箱。冰箱里的雉鸡数量总是通过被送上餐桌而维持在一个固定水平，有时候，或者说大部分情况下，在新的战利品送到时，那些还没吃掉的雉鸡都已经被不动声色地偷偷处理掉了。

我知道这听起来很可鄙，但我对这些雉鸡的感觉真的很矛盾。一方面，这种行为很是荒谬，繁育喂养雉鸡，让它们飞起来，然后打死它们。如果说这些雉鸡的肉质具有很高的价值，并且在把它们从天空击落之前惊吓它们能够提升其美味程度——而不仅仅是像烹饪一只鸡一样烹饪它们的脖子——那还显得没那么可笑。事实上，我认识的任何人都不会选择雉鸡作为日常佳肴，或者根本就不吃，最热衷于射击雉鸡的人也没说过雉鸡的肉更好吃。而另一方面呢，射击需要尸体，需要灌木、篱墙，还有种着非生产性作物的条状地带，比如向日葵地。如果射击被取缔，或者停止经营，那么这种植物的多样性就没有必要存在，我所看重的乡村生活的这一部分就会变成耕地。而且，我很喜欢雉鸡和狗。正如我先前说的，雉鸡没脑子，但是它们却能耍把戏藏在灌木或者一丛草里，在被打扰的时候就破草而出，叽叽喳喳发出惊人的警报声，然后像一只造型完美的纸飞机一样滑行过距离自己最近的开阔空间。它们也很漂亮。雄雉鸡的色彩更绚丽（我很肯定你懂这个），但是母雉鸡的羽毛则美在拥有匀称的花纹，阴影处是棕色和奶油色的，毫无卖弄之意。比起颜色，我更喜欢纹路。羊齿植物舒展叶片的时候，你有没有仔细观察过？那可真是堪称复杂的杰作，没有一个随机的元素。我很喜欢狗，因为狗的身上也没什么诡计可言。它们当然也可以狡猾诡诈，但都是可以预见的。

塔姆和爱德华从这项运动中得到了乐趣，我也因此很享受，如果这能称之为运动的话。他们都是朴实无华、辛勤劳动的人，看到他们兴奋起来我也很高兴。他们出发的时候很激动，回来则会谈论这一天是如何度过的，同时感到心满意足，我很庆幸这些能让他们心情雀跃起来。说到底，这是一种仪式，仪式给出了季节应有的样子。爱德华和塔姆肯定会拒绝这种观点，这是当然的了。如果被问及射击雉鸡的合理性，他们就会拿经济来说事——射击为我们带来了收入，还有乡下的管理——射击控制了食肉动物，还增强了社会凝聚力——它让男人和男孩都远离街道，置身于新鲜空气之中。他们不愿承认之所以这么做是因为自己很享受，其实光这一条就已经足够正当了。

我要指出的是，寄给你的羽毛不是来自被枪杀的雉鸡。夏天到来，狩猎就结束了，那些幸存下来的雉鸡像普通的鸟儿一样四处漫游、配对、寻找食物。有只母雉鸡在通往我们农田的小路上被车撞了，我是从它身上取下的羽毛。很高兴你喜欢它。知道这根羽毛对你很重要，会让其他被丢弃的相似的羽毛对我来说更为重要。

昨天，在摘覆盆子的时候我在想：要是铁器时代的居民想在这一次生命之后还拥有来生，那会是怎样的心情？每次我摘覆盆子的时候，都尽可能仔细地沿着一排排的植株走，寻找熟透的果实。然而不论我找得有多仔细，只要掉头回去，都能看到原先没能发现的果实。另一次人生，我想着，或许就像是第二次走过一排排覆盆子藤，那里或许会有我在第一世里未曾谋面的好东西，但是转念一想，我同时也会发现自己的篮子里已经有足够多的果实了。你看，贝拉去世，我第一次给你写信，到现在为止，我已经乐观了很多。我们开始通信时，我以为把自己的想法付诸笔端会比你的回复让我收获更多。结果我错了。你的来信对我越来越重要。别担心你的英语。你的英语很完美。

尽快回信。

最温暖的祝福

蒂娜

锡尔克堡
6月23日

亲爱的蒂娜：

我打印出了你的这封信，它就和之前所有的信一样，对我至关重要，我读了它，按照你的要求，就像它是装在信封里抵达的一样去读的。看到你的名字躺在我的收件箱里，让我觉得自己和你有了更紧密的联系。不过还是请你邮寄来任何你想给我看、让我摸到的东西。那也很特别。

我从来没有摘过覆盆子，但是我明白你要表达的重点。和你不同，我觉得自己在这一世里就已经在贪婪地寻找着许许多多的果实。我总是瞧不上近在眼前的东西，过去一直是这样，总是想要灌木丛顶端或者底端的东西，在落叶堆中翻找。比起你，我有更多理由期待来生，这样我就能有机会发现自己错过的大丰收。（现在我疑惑于“果实”这个单词能不能用复数形式，不过我是不会在给你写信的时候停下笔来去查字典的。）

我认为宽容看待那些以运动为名杀了雉鸡的人是正确的。用你的话来说，那就是一种仪式。和托兰人被杀死的原因一样，那也是仪式。尽管在他的案例中，这个仪式是人（当然也有女人，我是用人来代表人类）所编造出的神话故事的一部分，是为了探索并理解他们自身以及这个世界。和托兰人同时期的人们通过创造出另一个虚构的世界来弄清楚生命的意义，同时躲避死亡带来的恐惧。在那个世界里，神明们上演戏剧，通过影响某些东西来对人类的生存状态产生影响，比方说影响季节更替或者土壤的肥沃与否。仅仅把一个故事说出来和相信一个故事可不一样，而相信一个故事和把它表演出来又不一样。我是在说（和平常一样又说了很多废话），仪式是相信神话传说的很重要的一部分，而那些神话则又非常重要，它们能够给人安慰，让世界充满意义。

你可能会说，你说的仪式是指你的丈夫和儿子射杀雉鸡，和我用“仪式”这个单词要表达的意思完全不同。但是在我看来，在这个故事当中，他们告诉自己他们是提供食物的那些人，这部分其实是一样的。站在萧瑟冷风中，不确定能不能获得食物，雉鸡有可能会逃走，他们可能会失败，这就是表演出他们人生的一种方式啊，只不过是比较极端的方式。同样地，托兰人的死或许也是被整个族群视作一次表演，通过一个男人的死亡演绎出了他们自己最终的死亡。我们有着暴力的天性，这是学者普遍赞同的，射杀一些鸟类总比放纵自己做出别的选择要强，比如战争、酷刑、人祭。

在过去这么多年里，对于神话传说我一直都有这样的思考，这当然是有原因的，波吉特在自己脑海中创造出来的也是个神话，这个神话支配了她的人生。她是那么清楚地看见了与真实世界并行不悖的想象世界，并且渴望触碰到它，就像我之前说的。

能以一些仪式让她与那个世界更靠近一些或许会对她有所帮助，只是她从来没有研究出该怎样建造这两个世界之间的桥梁，好让她有栏杆可以倚靠，可以坚持下去。她身上的那些东西别人会称为怪癖，却时不时能够给她安慰。我从来没有用“仪式”描述这些事情，因为很怕表现出迷信的样子。“迷信”是个遭人鄙夷的词，有理智的人用这个词指称一切不合理的信仰，却看不到撇开能够解释的一切，想象某些不可思议的奇妙事物是多么美好、多么充满意义、多么有用，比如一片展开的羊齿植物的叶子。

说回波吉特。她的其中一个癖好就是捡东西，石头、细枝，还有被丢在公共场所里的东西，比如彩带和安全别针。重要的并不是这些东西好不好看，是天然的还是人造的，而是这个东西是否会让她眼前一亮，是的话她就会捡起来放进口袋。其中一些东西我再也不会见到第二次，但是有些到现在仍然还在我的家里，还在她放置它们的地方，按照她摆放的顺序摆放着。

每当她看到自己想要的东西，就会格外狂热，并且异常执着，想让她转移注意力几乎不可能，我们因此有过一些很难堪的时刻。有一次是在鞋店里，那时候孩子们还很小，是为即将开始的新学期给他们买鞋。我们在一条长凳上坐成一排，挑选好了鞋子，等待售货员将适合孩子们尺寸的鞋给拿过来。埃里克看到他的某个朋友就坐在另一张凳子上，所以他站了起来，想过去找朋友，他一只脚上穿着鞋，另一只脚光着。卡琳侧身挪过来，填补了埃里克的空缺，两只脚仍旧悬空垂着，敲击凳子前面。她的头发缠进了我的表带，我还记得当时的无助和绝望。他们都是好孩子，我很清楚，举止得体，但现在的情形还是有点太过分了：埃里克会跑掉，我却不能追上去，因为卡琳的头发，我费尽口舌她也不愿站起来，更不愿停止踢板凳。我想我的心思总在波吉特身上，所以哪怕孩子们只是制造一点小混乱，也已经超过了我的承受范围。

我解开了卡琳的头发，朝埃里克走去，他正一声不吭地和朋友玩耍。我认识那位母亲，所以同她聊了几分钟，等我再看过去时，卡琳正躺在凳子上，双腿朝上，抓着裙子的褶边蒙住脑袋。波吉特已经没了人影。我的第一个念头就是冲到商店大门口，就好像我的妻子是个小孩子，我不能放心地让她待在外面的街道上，不过我听见了她的声音，随后在一个鞋架后面发现了她，她正抓着一根鞋带不放。那根鞋带很长，有金色和绿色交错的斜纹。那是一条崭新的鞋带，而正和波吉特说话的女人显然已经解释了这根鞋带需要被放回到她拿在手里的那个盒子，盒子里还有一双新鞋。“这个不能单卖，”女人解释道，“因为有人是要买鞋的。”她很平静，也很友好。我问波吉特是否想买这双鞋，她说不，当然不想。于是我又问这个女人能否卖给我们一副同样的鞋带。“很不幸，不行，”她说，“它们只能搭配这双鞋。”

“它只是躺在那里而已。”波吉特对我说，“是多余的。”

“但你还是不能拿它。”我说，“而且它不是多余的。”

“我知道。”她说。

后来我问她是什么原因让她想要那根鞋带。是那种连绵不断的纹路，她说，造型很特别。

还有一次，我们在火车上，我们附近坐了一位女士，脖子上围了一条湖蓝色围巾，波吉特对这条围巾产生了兴趣。我知道波吉特在看什么，通常都是围巾啊，鞋带啊这种东西——会在风中轻轻飘动，有着古怪的颜色，不是那种结实的大体积的东西，而是长长的，可以重新塑造成各种各样的形状。我们两个人都没有谈论那条围巾，然而当那位女士起身打算下车时，波吉特跟着她走出了车厢，过了一会儿又满面愁容地回来了。

“她不愿意把那东西给我。”她说。

波吉特留给我的东西里并没有像围巾或者鞋带那样的东西。她保留下来的更多的是坚固的物品，我怀疑她是否在寻找系在什么物品上的某种东西，却始终没有找到。那一缕编织物或者一段绳子能够连接起总是躲开她的两种形式的真实。

我这么说，让她听起来像孩子般天真，她去索要她不该拿的那些东西时的样子让我觉得她就是个小孩子。但是在孩子们激动的时候，她却格外温顺。

在射杀雉鸡这件事上，我要用另一段思考来结束这封信：那意味着和自然界更紧密的联系。我自己的生活习惯已经离自然界很远了。我只有两个爱好——下棋和在唱诗班里唱歌，这两项活动都是在室内进行的。我唯一会去做的运动就是游泳（在一个室内泳池），如果骑车上班不算运动的话。由于我们开始了通信，我在骑车的时候就得更留心周围的环境。要去往博物馆所在的锡尔克堡市中心，我得穿过一个湖。过去我也会注意到湖水，因为它时时刻刻都在变化，映照出这一天的样子。阴天里湖水是灰色的，阳光明媚的日子里则要蓝很多，湖面会被风吹皱或者静止不动（这种情况不常见）。不过现在我会提醒自己也看看其他风景，不再只是闷头骑车，只看路和湖。锡尔克堡周边是森林，古曾河边有一条古老的纤道。我想我必须得去走一走，去寻找羊齿植物展开的叶片，为了追求更愉快的通信体验。

送上我所有美好的祝福
安德斯

贝里圣埃德蒙兹

7月1日

亲爱的安德斯：

我喜欢你谈论那些事情的方式，这些事情仿佛很简单因而经常被人谈起，比如仪式，但你却能赋予它深度和意义。我们在农田里做的每件事都有着仪式的味道。在套种作物的时候，在配对动物的时候，在宰杀幼小的动物时，其中都有仪式的意味。这里并没有迷信成分，我们有着实际又合理的理由来做这些事情——但是我们却用围绕其中的仪式感让它变成有着宗教感的典礼。有一次，在主要谷物进入收获阶段时，我去了意大利看望贝拉。我忘了做好水果蛋糕留下，在收获开始的那一天吃水果蛋糕是我们家的传统（另一种可以用来形容仪式的词）。结果在开始收割谷物之后，天气就变得不可预测，在很错误的时间下了雨，同时造成了粮食减产，这就意味着其中一个谷仓里的烘干机要整天整天运行，好让谷粒当中的水分含量降下来，这是一种听得见的提醒，提醒我们一切都不够完美。爱德华开玩笑说水果蛋糕的缺席导致了所有这一切，一个噩兆带来了厄运。

农田里的所有工作有时候确实很像是打仗，我们有可能赢不了，越是接近失败，把我们从边缘拉回去就要花费越多的体力劳动；越是艰难，但每个人就越是开心，除了我。我一个下午都在忙着同暴风雨做斗争，把塑料布罩在谷物堆上，在此之后我很享受温暖、干燥、闲散，但是用绳子拴住塑料布，拯救了存粮，并不能让我有任何满足感。尽管我的大部分时间都花在厨房里，把食物摆上桌，提供餐饭，这些并不是我为自己讲述的人生故事中的一部分。我认为我所拥有的唯一能够支撑我的神话就是对托兰人的想象，他对我来说，就像他自己信奉的神灵一样，生活在离我很久远的过去，打过仗，如今则拥有了可以传授给我的智慧，只要我能找到接触他的方式。不断地计划要去却从未成行——那或许也是一种仪式吧。只是像这样去想这件事就让做一个去的决定变得似乎更有意义，更像是迈进某个重大事件的一步，所以我是不会被这种想法牵着鼻子走的，以免让它看起来太过重大，反而永远都无法成行。但是，我觉得我没有办法说明天或者下个月甚至明年我就会去。我很希望自己知道何时才是正确的时间。

最温暖的祝福

蒂娜

锡尔克堡
7月10日

亲爱的蒂娜:

在你第一次看见托兰人的时候，我希望自己就站在你身边。但愿这一天快点来，我相信，时间到了的时候，你一定会知道。

我的女儿来看望我了，我会和你说说这次来访，因为是件开心事，尽管开心是潜藏在这次来访之中的，等她回了哥本哈根之后，此时此刻，我才发现了它。我希望通过给你写信来发现这种愉快。恐怕这会是一封长信。

卡琳是在周五晚上到的，带着吃的。在独居生活中，我对待食物向来谨慎。每天晚上我准备自己要吃的东西，拿出一张餐垫、一副刀叉，以及用来喝啤酒、红酒或者水的玻璃杯，还有胡椒和盐。我把做好的晚餐盛在盘子里，坐在桌边，把它吃掉。随后我收拾好所有的东西，离开厨房的时候一切都和我开始准备晚餐前一样。我之所以这样做，是因为这是波吉特还在时我们所遵循的一种习惯。遵循同样的方式对我来说很重要，因为这可以让我的生活在表面上不要坍塌，把我抛入可耻的绝望之中。尽管如此，我却不擅长做饭。我要么吃香肠和土豆，要么吃肋排和土豆，要么就是火腿配沙拉和面包。我并不是很享受这些食物，既不享受准备食物的过程，也不享受吃的过程。我只是知道我需要吃饭，仅此而已。

卡琳是个非常大胆的厨师。我之前说过的，她住在哥本哈根，那里有着使用时令食材和野生食材的风尚，这是我不能理解的。我没办法告诉你她给我做了什么，因为我都不太确定这些菜的原材料还有种类该用什么丹麦语来称呼，所以就更不知道在英语里该怎么说了。我真应该问一问更详细的细节，然后写下来给你。我后来才想到这一点，因为当时我很享受看着她做准备工作、做饭，也很享受我们之间的对话，一个人在忙，另一个人却游手好闲。我们聊了都在看的电视节目和近期发生的事件。我很担忧这个世界正在发生的变化，她却不以为然。她还很年轻，面对变化依然轻松。她知道还有一生那么长的时间在她前头，她可能会对某些人或者政治家所做的决定感到失望，认为这可能意味着金融或者社会问题，但是，即便如此，在她老去之前还有充足的时间来推动事物的进步。或许这和年龄并没有什么关系，而是因为她原本就是个乐观的人，总是满怀希冀地展望人生。

食物很美味，丰盛而质朴。吃饭的时候我跟她说了你们的雉鸡射杀活动。我说，那个不就是她喜欢的那种食物吗，应季的、寻觅来的动物。她却不是很赞同。还是有所不同的，她说，这是收割天然存在的丰收和为了收割而创造出丰收之间的区别——当然，这就是农业。

“如果我在法院里，”她总结道，“我会倾向于把雉鸡射杀归类于一种农事活动，而不是将其辩称为搜集食物。”

等她清洁整理完厨房后，我们就在凉亭里坐了坐，那是我建在花园里的。她告诉了我她来这儿想和我说的话。天色已经暗下来了，周围也没有灯。所以，我只能模模糊糊看见她的样子，她同样也只能隐隐约约地看见我，我觉得这样可能更好。在你的第一封信里，你对我说——是你寄给我的第一封信，而不是写给格鲁伯教授的那封信——你是为自己而写，让我不用费心阅读。现在我也要做同样的事情了。我打算写下卡琳告诉我的事情，从而帮我弄清楚自己对这件事的感受。我不会说让你不要费心来读，因为我现在已经足够了解你了，我知道你会用心读的。同时我也希望你来读，因为在这件事上你的看法也会帮助我更加了解你。

在过去的两年里，卡琳有个名叫拉尔斯的恋人，是个以各种各样的方式参与音乐行业的男人——应该是流行音乐产业。我从来都没真正弄清楚他做的到底是什么，因为我并不明白这个行业是怎样运转的，不过我相信他是在管理乐队，是个电台音乐节目主持人，或许还有其他的赚钱门路。不过这些现在看来都不重要了，因为卡琳告诉我的事情中，第一件就是，他们的关系结束了。我并不感到遗憾。他是个狂妄自大、邋里邋遢且咋咋呼呼的男人，和我完全不同，这种不同通常会成为喜欢一个人的原因，但是在他身上，我却觉得这是他选择来表现自己的一种方式。我不知道他究竟是一个怎样的男人，我还是更愿意人们直接一些，清楚表达自己所持有的观点。恐怕我是表现出了一些怀疑，因为我确实对他的事业有所疑虑。我发现要判断流行音乐的品质是很困难的，所以我抱有疑虑。当然了，到底该如何评价也并不取决于我。我能决定的就是喜不喜欢听，如果我愿意听，那么它的品质正如我所需要的一样高。历史会证明我的选择是否正确。

现在卡琳告诉我，他们结束了。她知道他是个欲壑难填的人，她说，他很享受满足欲望的过程，但是发生了一些事情，让她意识到这种欲望永无止境，并不像她原先以为的那样是有界限的。事情是这样的——

在哥本哈根有个地区叫自由城，那里可以算是某种意义上的公社，有着打破法律的许可。在那里可以找到乐子，警察是不会费劲去调查的，除非发生了骚乱。如果有人真的受伤了，即便是这样，警察可能也不会管。所以我明白，当局不愿意搅和进这种地方。我从来没去过那里。我完全不反对那个地方，我相信有这样一个地方，那里的人们比我勇敢得多。这是件好事，他们可以放纵自己，又不伤害别人。拉尔斯就会去那类地方，经常去，卡琳也和他一起去。三四个月前的一个晚上，他们去了自由城里的一个酒吧，拉尔斯安排好了在那里和朋友们见面。可是朋友们并不在那儿，拉尔斯摸出手机并告诉卡琳他得走了的时候，朋友们还是没有来。他有笔生意要和一个乐队去谈，那天晚上他们正好也在自由城，在另一个酒吧里，他必须去和他们谈谈，这很重要。他不会去很久的，他说，她可以继续在这里等着朋友们来。

卡琳是个很独立的人，但是独自坐在酒吧里仍让她心神不宁。她给拉尔斯打电话，但是他的电话关机了。于是她站了起来，想离开酒吧，却没那么容易，因为人群越来越密集，也越来越活跃。虽然她感觉到有只手来抱她，她说，但那可能只是她自己的想象，她努力让自己不要害怕。

来到大街上，她朝左转，直觉告诉她拉尔斯是向左转了，她就这样出发去寻找他，贴着建筑物走，朝酒吧和小吃摊里张望，也去看坐在人行道上的人。

从另一条路上来了三个男人撞上了她，于是就停下脚步和她搭讪。她发现自己完全不能理解他们的态度，他们是在嘲讽她还是逗弄她呢？他们是在恐吓她吗？或者还是如同他们自己说的，只是出于礼貌，想道歉？她直直地盯着他们看，既没有开口，也没有笑，想绕着他们走，结果他们转了个身，堵住了她的路。在油炸食品的气味和一百块烤肉的缭绕烟雾之上，她从离她最近的那个男人的夹克衫上闻到了汗味、旧皮革味和刺鼻的机油味。

人们从她身旁经过，有一两个人朝他们这边瞥了一眼，注意到那些人举止当中的不确定，以及她并不想成为他们的一员：有些事情可能会发展，也可能不会发展。卡琳再次想走开，她其实明白这些陌生人实际上就是想阻止她往前走，但她选择视而不见。这时一个路人停了下来，叫了她的名字。那是个她只见过几面的人，在派对上，或者是在一群人喝酒吃饭的时候。她对这个人唯一的了解就是国籍——澳大利亚，还有他的职业——记者。她想不起他的名字，但是她像老朋友一样问候了他，仿佛她之所以走这条路就是为了来见这个朋友，下一秒，那些围着她的男人就走开了，很快四散而去，转过了街角，漫不经心，神态轻佻。

这个澳大利亚人提醒她自己的名字是本，问她是不是一个人，当她回答“是”时，他朝自己所在的团体打了个招呼，陪在了她身边。她并没有看见拉尔斯，不过她看到了一张传单，是拉尔斯说他要去找的那支乐队的见面会广告，她记得地点。然后他们就来到了那个地方，小摊上兜售着肉末马铃薯，一些年轻以及不那么年轻的人摇摇晃晃地站着或者干脆躺在路上。本搂住了卡琳的肩膀，带着她穿过人群。他真是个高大的男人，而且很冷静，毫不费力就找到了一条路。现在卡琳不再是一个人了，她也对自己更确信了——更加自信，你或许会这么说——带着像往常一样在公共场合里理所应当、无所畏惧的感觉大步流星地朝前走去。

他们来到了那个会场，那是一个很老的砖瓦仓库，很显然音乐会已经结束了。大门敞开，里面灯火通明。舞台上，乐队的扩音器和乐器都已经拔掉了电源，打包起来。卡琳认出了某个乐队成员，便喊了他。他抬起头来，然后愣住了，可以说是完完全全石化了。他看上去非常警惕，和还在舞台上忙着收拾的其他人飞快地低声说了些什么，于是他们都停下了手里的活，朝她转过来，手里还拿着电线、扬声器、吉他，以及麦克风。在沉默之中，卡琳捕捉到舞台旁边的门道上传来一阵笑声，她朝那笑声一路小跑，跑进了一个演出者换衣服用的小斗室。拉尔斯就在那里。他平躺在一张沙发上，衣服脱了一半，旁边躺着主唱，那女孩衣服倒是都穿上了，却在轻咬拉尔斯的耳朵。

拉尔斯抬起头来看着卡琳，然后又将头落回到垫子上。他一只手搂着乐队主唱，另一只手卷着大麻，卷好后递给了她。这种不忠并没有令她惊讶，甚至都算不上有多严重。这个主唱吸引他的地方顶多就是身体，她怀疑要不了一个月他就不记得这个主唱的名字了。拉尔斯越过的底线是留下卡琳一个人，那么容易被人攻击——无论她想表现得多坚强，她都觉得自己受伤了。她一直相信在不以她的损失为代价的前提下他才会走开。

她走进大厅，其他人又开始收拾了。乐队和他们的帮手在干活儿的时候随意哼着歌曲的段落，时不时被碰到吉他弦或者敲到键盘的声音打断。她飞快地走向敞开的大门，走进了寒冷的黑夜。当她置身于阴影之中，摆脱了音乐厅窗户投射出来的灯光，便一屁股坐在混凝土台阶上，上面布满了粉色、蓝色和橘色的涂鸦，还有叫嚣着反抗政府的标语。她坐在那儿，双手抱头，感到气愤、混乱、羞耻，因为拉尔斯，因为自己。当她抬起头来，本就靠在她旁边的栏杆上。

“我想你可能需要有人陪你回家。”他说。

所有这些其实都不是卡琳告诉我的事情里的重点。我猜这就是个再普通不过的故事。不过对于接下来发生的事情，这算是一个注解，又或者是一种辩解。你可以自己判断。她把这一切都告诉了我，说了这么多细节，所以我可以自行判断接下来发生的事情。

她和本一起回家了。不是她和拉尔斯一起住的那个家，而是本在克里斯钦港租的公寓，是自由城所在区域的郊区。她在那里待了五天五夜。完全是放浪形骸，她是这么对我描述的。是一种对压力的释放，是击退怒火和伤害的方式。这并不是她平常会采取的方式。她是个很酷的女孩。我想“酷”这个字应该还有其他含义，超出我在这里要表达的意思。我的意思是，她不是那么容易被点燃。但凡她向激情妥协，那也一定是已经明白了结果，是深思熟虑之后采取的行动。

她出门、买衣服、走路去上班，无视拉尔斯的电话，再走路回本的公寓，周末的时候，本飞回了澳大利亚。卡琳并没有去机场送他。她同他吻别，就像亲吻任何对她友好的朋友一样，但这个朋友在她未来的人生当中并不重要。她是这样描述自己的感觉的，当他坐进出租车，而她站在公寓楼的台阶上时，她就是这么想的。

而后她便回到了自己居住的公寓，那间公寓属于她，她让拉尔斯离开。在那之后，我们通过许多次电话，她听上去总是心情很好。我向来都没有什么为她担惊受怕的理由。坐在我的小棚子里，隐没在黑暗之中，在她告诉我她怀孕了的时候，语气听上去依旧很开心。然而她并不想怀孕，这对她来说是个打击。这不可能是拉尔斯的孩子。她知道自己怀孕已经两个月了，但对我来说还是个新闻，我的第一反应就是这新闻还挺愉快的。一个孩子。没有什么比这更令人愉快了。但是我的开心很快就被失落覆盖了。我可爱的卡琳身上将会发生什么事？她会收拾好自己，然后去澳大利亚，加入这孩子父亲的生活吗，一个我从来没见过的人，我可能不喜欢他，也可能不信任他？或者她会被抛弃在这里，独自抚养孩子，却没有人能够共同分担这份责任？我甚至开始考虑，在锡尔克堡有没有什么途径能让她继续从事在哥本哈根做的工作，这样我就能和她一起来承担。她会来和我一起生活吗？或者我应该早点退休，去哥本哈根照顾她？在这些混乱的思绪之中，我说的第一句话是："你已经决定不做人流了吗？"

这种想法很残忍，难以启齿，因为我在暗示，以当前情况来看，人流也许是最好的办法，如果她说她还在考虑是否要进行手术，那我一样会为这个未曾谋面的孩子感到难过，就好像他或者她已经坐在了我的臂弯里，却要从我身边被带走一样。

事实上，她说的是："我已经决定了。我会要这个孩子。"

这是当然的，她已经全部想清楚了。很酷。把这个孩子给了她，在她自己看来，就像是通过精子捐赠一样。和本在一起的一个星期就像是她给自己讲的一个故事，孩子是美好结局。本离开后，她听到过一次他的消息，他让她知道自己已经到家了，并且为了那美妙的几天而感谢她。她并没有回复，也不打算回复。她也不会告诉他自己怀孕了。当她这样说的时候，我确实震惊了。"他难道没有权利知道吗？"我问道。她说："世世代代，女人们都没有权利，除了那些被男人准许的权利。如今，如果女人宣称自己有权否定一个男人认为自己拥有权利的事情，这又有什么可震惊的呢？人与人之间不是向来如此吗，只不过是性别掉转了而已。"她拒绝了他，因为他没有提任何要求，也没有任何期待。她对他也没有什么要求，更没有期待。她又重复了一遍，这就像是捐精子。

第二天一早她便离开，回哥本哈根去了，然而对于她告诉我的这件事，我依然不确定自己的感受。我几乎什么也没有说。当然了，我也说了，无论她做什么决定，我都会在力所能及的范围内提供帮助。她说："我已经决定了。"她挑战似的看着我，但只是一瞬间，随即她便露出了笑容，亲吻了我。她并没有必要挑战我。我也不打算去挑战她，那是对其他人的挑战。

不过你怎么看呢？我应当为了父亲的权利同她争论吗？在那个昏暗的小棚子里，在她告诉我这件事时，我满脑子想的都是给你写信。我因此听得更仔细，好确保在转述给你的时候没有任何差错。我希望自己做到了。无论你作何感受，都可以告诉我你的意见，如果你有意见的话，但更重要的是，能将这个消息同你分享。我从来没想过事情会这样。

谢谢你。

安德斯

贝里圣埃德蒙兹

7月20日

我亲爱的安德斯：

我相信我已经对你说过，我通常没有什么特别明确的意见，鲜少有信心自己是站在正义这一边的。我发现，如果没有看到故事的双方，要给出正确看法是很困难的。这是好事，我觉得，但同时也是坏事。我不太容易愤怒，愤怒往往都是浪费精力。有些人总是毫不怀疑就对另一些人横加谴责，但我发现自己很容易像同情受害人一样同情罪人，我不知道这是不是让我成为更好的人，但这确实让我更喜欢自己。换句话说，有些东西别人认为很过分，但我反而能接受它的正确性，虽然我能很清楚地了解到他们的观点，但我的感觉并没有强烈到足以支持他们的看法。你可以说这就是为什么我和爱德华结婚了。我的父母和他的父母对于我们如果不结婚他们会受到的冲击全都振振有词，关于孩子、关于爱德华和我。这一切是如此真实，所以事实就是那并不是我想为自己的人生去做的事情，那是一个暂时的解决之道，把其他人眼前的好处凌驾在了我的长远利益之上——我的利益与之比较起来微不足道。我没有办法用任何坚定的信念来表达它。

我很绝望，不惜一切代价避免矛盾。妈妈认为我没有能力看到事情的方方面面，而这完全是因为我在这个家庭当中的位置，我是三个孩子里身处中间的那一个。她是个可爱的女人，我的妈妈，但是喜欢分门别类（我知道我偏离了这封信的重点，但这就是在回应你告诉我的事情，真的，我保证）。在我年轻的时候，妈妈对于世界的看法简单到令我愤怒，而现在，我终于知道要保持正直、积极、平衡以及不失控有多困难。作为成年人，我们都是被这样期待的，我很感激她为了做到这一切而使用的方法。她在做判断的时候既没有诀窍，也没有心怀怨恨。对她来说，每个家庭不是“幸运”的就是“苦战”的。我曾经问过我们是哪一种，她就心烦意乱起来，在当时，惹她心烦明明应该让我感到愧疚，但我却没有。那些分门别类是为了让她和别人保持距离，那些人通常都是在她眼里比她更善于应付生活的人，这个距离可以让她避免自己被人评判。

我之所以提起这个，是因为我并不知道自己究竟有多乐意同时知道每个人的想法，但是掌握每个人的想法却又是我的天性，可能是因为重复了太多遍妈妈让我相信的咒语，所以将此作为标准，让它成为事实。又或者——我有个古怪的想法——她可能是正确的。我有三个孩子，中间的那个是安德鲁，我觉得他是想得最多，也最善良的那个。不过他在表达自己的主张时并没有什么困难，这一点和我完全不同。

无论从哪方面来看，在你女儿决定做的这件事上询问意见，我都不是最佳人选。我唯一强烈的感觉就是她有权自己做决定。

但是你想确定的是她不完全是在冲动之中做的决定，以免这个结果可能对她产生误导。

我没有同任何人提起我们的通信。我感觉我们的通信就像一场容纳不下第三者的对话，就像和最好朋友的对话。然而你提到和你的女儿分享了我们关于雉鸡射杀的讨论，这让我想到我也应该将你女儿的故事同我的女儿分享。我想清楚地将观点表达出来，就我对玛丽的了解，她是最合适的人选，她是个思路很清晰的表达者，能够明确地说出自己的想法。而且这样一来我也能看到其他观点、别的可能，并且足够清晰，或许能够给你一个肯定的意见。

玛丽和瓦西里住在院子另一边翻修过的房子里。房子是瓦西里自己翻修的，在他成为我们家的一员之前，他修房子打发假期。那是一栋非常朴实的建筑物，无论是外面还是里面。量身定做，你或许会这么说。凡是夏日访客不需要或者不会惦记的东西就绝不多花费一分钱，就这样实现了房子的改造。玛丽和瓦西里搬进去的时候，我想他们可以让房子不那么朴实——铺上地毯，挂上颜色鲜艳的窗帘，给墙刷上颜色，别再是白惨惨的，买一些装饰品和画，还有额外的家具。一句话，就是让它更像是我和爱德华住的那种农舍。我们每个房间的每面墙上都有所属物品的“地质沉积”，那都是我们从爱德华的父母、祖父母，还有我的父母、祖父母那里继承过来的，还有别人给我们的东西，或者我们自己买的（这里最小的一部分）。可以这么说，玛丽和瓦西里就是基石，他们可以选择在上面堆积多厚和多么不同的岩层——天知道，我都已经准备好铲起自己房子里的某些堆积物给他们了，结果他们什么也没做。塔姆的妻子——萨拉，已经把我们给爱德华父母建的平房的内部完全变成了自己搭建起来的小窝（我在这里用了自己的隐喻，我知道，不过我很喜欢这种比喻，所以会继续用），她是个很挑剔的人。

“他俩看上去就好像不会长住一样。”她说，“他们完全就不想把那里变成一个家。”

我马上就来告诉你萨拉其人。她是当地另一个农民的女儿，一心扑在农事上，所有能量都用在将浴室里的毛巾整理成锥子形的一堆，整理餐厅里的香薰蜡烛、客厅的门帘盒与窗帘上的回形扣。她同样致力于在她哥哥和玛丽之间实现联姻，因为她很有兴趣让两个农场联合起来扩大经济规模，如同她把自己的房子弄成了样板间。但这显然不是玛丽和萨拉哥哥的兴趣，他俩从来就没有共同的想法，他们俩绝对不会选择像对方那样的人作为自己的伴侣。

我没有办法赞同萨拉的想法，因为玛丽和瓦西里都是朴实的人，说话也朴实，对物质享受漠不关心。那房子很适合他们，他们也很适合彼此。

我过去同玛丽说话时，瓦西里也在。我们就坐在他们厨房里的桌子边，一起喝茶。我告诉他们，我一个朋友的女儿意外怀孕了，因为无意中和一个男人度过了激情的几天，朋友想问我，从双方的角度来看，从长远的关系来看，她是否应当告诉这个不算熟悉的人，他就要当爸爸了。每当我同他们分享新闻，或者就我看到、听到的事情做出评论时，他们都有自己的聆听方式，通常都会表现得非常有礼貌，但我却暗暗觉得他们是在等着我说完，这样他们就可以继续去做、去思考我同他们说话之前他们在做、在思考的事情。但对卡琳的事情，他们的反应却截然不同。在我说话的时候，他们目不转睛地看着我，就好像我在说的事情足够有吸引力，让他们有兴趣专心聆听、探究并且做出回应。他们并不满足于我给他们的少量细节，所以我只好把整个故事告诉了他们，如同你告诉我的那样。

当他们得到自己需要的全部信息后，马上就明确了自己的意见，并且很清楚地表达了出来。他们的表达在我听来堪称完美。你或许还记得我曾经思考过他们之所以那么亲密的秘密，我认为是他们不用费心和对方说很多话，这样也就不会争吵。如今我发现他们的和谐还不止于此，它明明是建立在不同意彼此的看法之上，并且他们俩还以此为乐。

玛丽完全站在你女儿那边，瓦西里则强烈认为你女儿大错特错。玛丽所表达的观点就是你说的卡琳的观点。母亲拥有绝对的权利，玛丽这样说，可以为自己决定要不要这个孩子，是否要抚养孩子长大，还是要把他的成长托付给其他人，以及是不是要同其他人共同承担养育孩子的责任。玛丽说，如果不考虑对孩子的影响，也不考虑其他可能关心孩子的人的感受就草草做决定，那她绝不会尊重这样的女人。她必须得知道自己能承担这个孩子，能照顾这个孩子，并且能够避免对自己和他人造成巨大的伤害。她需要知道没有人因为自己的决定而毁了自己的人生。在这件事里，玛丽说，听起来卡琳是那种可以为孩子提供一切所需的女人——在她听来，她说，卡琳是她想认识的那种女人——至于那位父亲呢，他根本就不知道孩子的存在，所以根本不会挂念孩子，而且也并不期待孩子。玛丽会全力捍卫卡琳的决定。

但是瓦西里说，她无权在对孩子的父亲了解不够充分时做这样一个决定。打个比方，她并不知道本是不是有个母亲在澳大利亚被拒签了，因为卡琳的自私，她都无权认识自己的孙子。她有可能会很激动，他说，可能一直没有孙辈是她极大的遗憾，现如今，她已经老了，或许还病了，竟然有这样一个新闻，这样一个可以把孩子抱在怀里的机会，可以让她在生命中最后几个月变得幸福。（我从来没想到瓦西里竟然有这么生动的想象力，不过后来玛丽告诉我他是想到了自己的祖母，她是他长大的那个家庭的中心。）他想知道，要是没有机会知道塔姆和萨拉的孩子，不能在他们小时候抱他们，不能享受独一无二的他们，我会作何感受？玛丽没给我机会让我说自己的感受，但我会说，拥有这样的机会当然很幸运，但这并不是一种权利，因为要是我没有孙子的话，我就不会是个祖母，也不会觉得自己有什么损失。

“你是在用另一个女人可能拥有的权利压过她自己身为女人的权利。”玛丽说。

瓦西里站了起来，来回踱步，仿佛是在发愁自己英文水平有限，所以没有办法恰当地爆发出他想投入在这场争论当中的能量。他说卡琳对男人的态度是不真诚的，是技巧性的，对大部分男人都是这样，尤其是对本。她可能会宣称自己有权做决定，并且无视社会认可的父亲所拥有的权利，但她却为了自己的目的去需要男人、利用男人，所以也就不能拒绝他们对自己所扮演的角色拥有知情权。他指出，当她发现自己身处险境时就迅速利用了本提供的保护，这种保护完完全全是基于他的男子气概。要是她遇到的是一个女性朋友，或许会减轻她对受到攻击的担忧，但她绝不会感到安全，更不可能像本在她身边时那样昂首阔步地走出去。

还有——他又坐了下来，拉过玛丽的手——从孩子的角度来看，他或她有没有权利知道自己的爸爸是谁呢？

“他或她会有这个权利。”玛丽说，“等他或她到了能理解这件事的年纪时。更确切地说，在童年时期同时归属于两个地方，从一个家长和祖父母身边远赴另一个家长和祖父母身边，并且从来都搞不明白自己为什么非得如此，比起这样一个支离破碎的童年还是先不知道的好。这是不是会让他或她觉得自己比同学得到的爱要少，总是相信身后的父母暗自喜欢看到自己的背影？”

他们是那么喜欢和彼此进行这个讨论，以至于我觉得他们已经忘了我还在那儿，但是紧接着瓦西里转向我，说道：“您来决定。没有孙子的祖母，没有父亲的孩子，或者母亲安排自己人生的权利。”

这一次我终于来到了结论，我会告诉你这个结论是什么，正如我告诉他们的。我们应当看一看自己的内心，从自己身上寻找成就感。把让自己完整的义务强加给孩子或者孙子是不公平的。我们对他们的义务就是让他们安全，并让他们接受教育。如果卡琳做出这种选择，她可以独自完成这件事，她不亏欠任何人。她只需要对自己负责，做对自己来说最好的事就行了。当我说出这些话时，玛丽亲吻了我。我都不记得她上一次亲我是什么时候了，或者上一次像这样相谈甚欢是什么时候。

对于你的这封来信，我还有更多想法，但是我打算先保留起来，好快点将这封信发给你。

你亲爱的

蒂娜

锡尔克堡

8月1日

亲爱的蒂娜：

我就知道期待你在回复我上一封信时会说些什么准没错。从我写信给你，到你回信给我，这期间我已经在哥本哈根同卡琳共度了一个周末。我大声对她读出了你的信。一开始她生我的气，因为我和陌生人说了她的事情。但是，我对她说，我们只能选择如何去做，无法选择其他人怎样评判我们的做法，他们会怎么想，他们会跟什么人去说，以及怎么说。如果她并不羞愧于留下这个孩子并独自抚养他，那么她就完全不需要考虑这件事都告诉了什么人，是怎样被讲述的，这些事情都是她无法知道也无法控制的。她认同了。

“当然了，我永远也不会见到这个女人和她的女儿。”她说。事实可能如此，却让我感到有点沮丧。

而后我们讨论了你信中的争论、你的想法，还有玛丽和瓦西里的说法。这是最有帮助的。我们最后提到了这孩子的祖父母，以及孩子需要知道自己的父亲，还有卡琳自身，以及她拼尽全力所走的这条可能为人诟病的路。之后，等她有时间来消化我们讨论过的所有东西，她对我说她开始考虑孩子可能会需要什么，当他到了可以理解父亲缺席的年纪，或许会提出疑问。出于这个原因，她说，她决定和本保持联系，确定自己处于可以找到他的状态当中，如果这对孩子的幸福与否很重要，那她就得能找到他。她之所以不愿意回复他发来的电子邮件，是担心自己流露出期待长期关系的想法。现在想来，她觉得自己很自私。所以，她会小心翼翼地回复邮件。我因此还挺高兴的。她也很高兴。我还从来没见过她如此喜形于色，但是我又担心这是因为我之前并没有那样亲近她、好好看过她，这是我本应该做的。

我们度过了很棒的周末。她带我去了自由城，我则带她去了哥本哈根植物园。当她提出要去的地方时，我本来是不想去的，但是我想起了那一排排的覆盆子和一定要尽可能多采一点的需要，因为不会再有第二次沿着植株采摘的机会，所以我就同意了。那里真是众声喧哗，光怪陆离。每个地方的墙上都涂鸦着龙、张大嘴巴的脸、哥布林[1]、山脉，全部用的是明亮而有冲击力的色彩。在一条普通的街道上，我可能会喜欢这些涂鸦，它们看上去或许明媚而朝气蓬勃，但是在这里却不是。或许是因为涂鸦太多了，又或者是因为建筑物又脏又破旧。这里曾经是一个军事基地，所以建筑风格上毫无美感可言——所有的建筑都是功能性的，如今住在这里的人也并没有心思让它们看起来更整洁，甚至还不如从前整洁。我们是在晚上去的，比她遇到本的时间要早，

1　哥布林（Goblin），西方神话故事里的一种类人生物，一般都有长长的尖耳。

天还没黑。即便如此，我还是能看出这里有多凶险。尽管这里五光十色，却压抑而忧愁，噪声无处不在。除了有时候会让自己沉浸在音乐之中外，我过的是寂静的生活，而且我选择的音乐并不是我在自由城听到的这种音乐。只有一个坐在折叠椅上吹笛子的人不一样，他在吹奏莫扎特的曲子。我停下脚步，在他摊开的乐谱夹里放下了一枚硬币。又往前走了几条街之后，我们遇到了一个穿着奇装异服的女孩，我没法描述那身衣服，她的脸上还有文身。我问卡琳，比起吹笛人演奏的曲子，她是不是更喜欢那个女孩唱的歌。

“不，”她说，“我更喜欢莫扎特，不过我觉得那个女孩对那首歌的演绎比吹笛人对莫扎特的演绎要好。她在表演自己选择的曲子时投入了更多的技巧和想象力。”

他不是一个优秀的演奏者，我是知道的。我为他演奏了一首我喜欢的曲子而酬谢了他，但是我没办法告诉你那个女孩是否擅长自己所做的事情。

“我能学会鉴别那个女孩唱的那种歌吗？”我问卡琳。

“没必要。”她说，“你从自己懂得的那些音乐里已经获得了足够的乐趣，你并不需要涉猎其他更多音乐了。”

或许她说得对。一个人能吃下肚的覆盆子毕竟是有限的。

我们在一个小摊上吃了晚饭，坐在长凳上。我并不是很喜欢那种食物，也没有办法把它给描述出来。一个男人——更有可能是个女人——穿得像个小丑，踩着高跷，从我们身旁走过，俯下身来，从我手中拿走了我正在吃的最后一口东西，然后就离开了。卡琳笑得特别大声，我也挺开心的。

当我提议去哥本哈根植物园时，我能看出她在答应之前的犹豫，就像去自由城时我感到犹豫一样。我想看的是蕨类植物展开的叶片，不过现在显然不是正确的时间。当时我还不知道那里有多少东西可以看、可以嗅，结果植物园把我们两个人都给惊艳到了。我们并不知道自己在看什么，你明白的，这让我不安。我想看我能说得出名字的植物，但是植物园里的东西我一样都不认识。好在就像最好的博物馆一样，园里到处都有标签，信息详尽。简直太详尽了。每个标签都能告诉我这株植物属于什么科，于是我开始比较同属于蔷薇科的两种植物，真是截然不同的两种植物，所以我思索着是哪方面的共同点让它们在分类学上能够被归为一类。卡琳让我别再这么做，因为植物是那么美，这些东西有什么重要的。但是很快，当她喜欢的某些植物没有名字的时候，她也开始不耐烦起来。“你看，”我对她说，“名字确实很重要。”

“名字，没错。”她说，“或者我会说‘那个有着温柔的绿叶和深红以及白色花朵的、暗香浮动的小树’。”

我们遇到了在植物园里工作的人，他告诉我们这是海州常山。他把名字写下来给了我。属于什么科呢？我问道。不过他告诉我说这个问题有所争议。你有这样一棵植物吗？

我们还去了温室。那里温暖潮湿，温室里植物的叶子和花朵也更葱翠（是这个词吗？）。有一条螺旋梯通往屋顶的一条走廊，人们沿着走廊走过的脚步就像是鸟儿轻快地掠过棕榈树顶投射下的阴影，不过那并不是鸟，那只是一只只脚。经过所有这些植物的努力，还有照料这些植物的人们的努力，植物和人共同创造出了这么一个自然丛林的效果，但显然是室内的丛林。我到植物园来，本是为了追求户外活动。到这时，我们已经看过这么多户外的景色，已经很累了。我要回家去了，如果不能赶在蕨类植物的叶子舒展之前，也要赶在舒展的时刻。

尽快回信。

安德斯

贝里圣埃德蒙兹

8月10日

亲爱的安德斯:

我确实有一棵海州常山，我很喜爱这棵植物。它并不喜欢我们这里刺骨的寒风，所以我不得不把它种在一个有所庇护的角落，如今它已经出落成一棵可爱的植物了。如你所说，它是一棵很美好的植物，香气袭人。它到暮春才开花。在我们的花园里，它的叶子总是最后才冒出来，并且生长缓慢。所以，我每年都在担心它是否被严寒杀死了。其实它只是不想太早开始自己的表演，所以强撑着，我是这么想的。它是在储存能量，然后交出那一大堆的花朵，把它们高举在叶片之上，就好像是源源不断地为你提供花束。我对植物的分类毫无概念，但是我并不惊讶这种植物没办法被固定在这个科或者那个科。它是独特的存在。

现在，我只想就音乐说上一两句。在这方面，我们很不一样。很显然，音乐对你来讲很重要，却是我顺着那一排藤条往前走时漏掉的覆盆子之一。我的房子里没有音乐，并且，日子一天天过去，我并不想念音乐，也从未学会珍惜音乐。一直以来，我都会有意识地对音乐充耳不闻，不过在有些场合，我根本不可能不注意到音乐的存在（我希望你能顺利处理这其中的双重否定）。我可以描述这样的时刻——有两个，也有其他类似的时刻，但是不那么有代表性。

贝拉还住在意大利时，我去看她，我们一同去了米兰的斯卡拉歌剧院。我们两个谁都没看过或者听过歌剧，但是她想让我好好体验一下意大利。与此同时，她也试图让自己不要全然沉浸在对目前处境的失落之中——狡诈的前夫，如此靠近却依旧很少能见到女儿，生活在陌生的语言之中，食物、风俗、气味——买张歌剧票似乎是个不错的主意。在我看来，这确实是个好主意。我们的座位靠近剧院的顶部，那里比较便宜，但是我们都穿了自己最好的连衣裙。我的是无袖连衣裙——那是个炎热的夜晚——是我用从诺里奇超市里买的黑白布料给自己做的。能穿着那条裙子我很骄傲——我穿这条裙子的样子、裙子本身缝制精巧，以及穿上这条裙子的感受。我提到所有这些是因为这都是那个场合中令人激动的部分。在抵达自己的座位之前，我们的屁股被掐了好几次，我们经过的那些人都喧闹吵嚷并且兴高采烈，完全不像我以前去过的任何歌剧院的听众。管弦乐队就位，指挥站在指挥台上接受喝彩，在序曲还没开始时我就已经为这个夜晚激动不已，仿佛主要演出已经开始了一般。序曲的开始部分几乎是对我所有愉快感受的打扰，我简直不想听。

我们离舞台很远，没有买节目单（无论如何我也不可能读懂），也没有硬币可以将观剧用的小型望远镜从前座椅背上拿下来。所以，我根本不知道在演些什么，很可能精彩万分，而且要是我努力跟上故事内容的话，音乐本身就显得更加势不可当。事实上，我对这个故事一无所知，也看不到演员的脸，但这些都不重要。那声音像是一阵冰冷清澈的水流从一个老旧的仓库里奔流而出，在被音乐充斥的这个空间里，它就是唯一的存在。我敢肯定，关于聆听这类音乐所带来的感受，你肯定有更好的描述方式。你对音乐敞开心扉，而我却没有。

那出歌剧是《蝴蝶夫人》，真是个不幸的选择，不是音乐，是就故事本身而言。第一幕的时候我们状态都不错，因为看不懂，在幕间休息的时候，我们喝着装在旧水瓶里带来的酒，仿佛是在享受一段不错的时光。我的意思是，我绝对是享受了一段好时光，而贝拉呢，则打算表现出自己也同样如此。在第二幕里，场景晦暗，就像情节本身一样，我们意识到蝴蝶夫人是被抛弃的妻子，更糟糕的是，她有一个孩子。在第二幕的幕间休息时刻，贝拉情绪激动，而剩下的温酒则让情况更加糟糕。她被音乐击中了，她说。这音乐用美妙的旋律戏弄了她，又用悲伤讥讽了她。灯光再度暗下，最后一幕——你肯定知道这出戏——蝴蝶夫人等待着背信弃义的丈夫的消息，背景音乐是嗡嗡的合唱，没有具体的语言。我能感觉到贝拉在我旁边浑身发抖。她深深垂着头，当我看向她的手时，她的手因为擦拭泪水而潮湿。冰冷的泪水，在我赤裸而温暖的手臂上激起了鸡皮疙瘩。我别无选择，只能帮她穿过五六个愤怒的意大利人，来到这一排的最后，走下楼梯，走出剧院。我们坐在剧院门前的台阶上，贝拉一直在啜泣，我看似冷静，但内心很渴望继续聆听我从中被拖走的那段音乐。演出结束时我们仍旧坐在那里，剧院的门一一打开，退场的意大利人鱼贯而出，促使我们站了起来。

在回贝拉公寓的路上，我向自己保证，只要有机会，就一定要再去看一次《蝴蝶夫人》。但我却再也没有机会，我再也没去过任何歌剧现场。于是我买了一盘CD，但第一次放的时候爱德华在屋子里。他实在看不出有什么可能的理由会让我想听“那种噪音”，在他的反对下，我甚至没有办法在自己的起居室里表现出我真的很享受这首音乐。独自一人的时候，我在车里放过几次，但我不禁开始思考，我恐怕完全是因为那种场合、那条裙子、那些意大利人、那种热烈，还有贝拉，而误解了自己的感受。事实上，我要是在阴暗冰冷的英格兰去看一场歌剧，那我一定会讨厌歌剧，就像爱德华觉得我应该讨厌一样。所以，我从来没有在英国看过歌剧。

我对当今流行音乐的经验也同样乏善可陈。我和贝拉去过几次有乐队现场演出的酒吧，并且和其他青少年一样，对于我们在电视上看到的组合和歌手有着狂热的迷恋。但是，我已经有超过十年没去过流行音乐会了，甚至可能更久，直到几年之前。我的二儿子——安德鲁，他有个副业是为一些活动提供干草包。我们一直都在出售一小部分体积较小的干草包给当地的市集用来当座位，各种形状都有，一个男人（或者是女人，比如我）就可以轻松举起来，也卖给在后院养鸡的农户。但是安德鲁开拓了给大型活动出租干草包的业务——婚礼、流行音乐节，诸如此类。他根据报价把干草包弄出不同的形状——城堡、要塞、小屋。他是家里负责一切机械工作的那个人。他维护所有的机械设备。在塔姆研究轮作[1]的时候，安德鲁则在看最新的收割设备说明书。和另外两个孩子比起来，他对我来说更像一个谜，天知道另外两个就已经够难懂了。我就当安德鲁是快乐的吧。他从来没有表现出不开心，他对复杂的工程项目有着充足的热忱，但是仅此就足以支撑他了吗？我不知道。他总是独来独往。他仍旧住在一间农舍里，却给自己的房间修了一个独立的出入口，在厨房的另一边，靠近属于他的那个楼梯间。他把一扇窗变成了一扇门，在上面架起了一个木头梯子，所以即便不进屋也可以直接进入他的房间。所以，他不在拖拉机驾驶室和机器棚里的时候，我完全不知道他自己一个人都在干些什么。除此之外，他还会开着轻型装载机，拉着满满一拖车干草包离开，他会带上几个同伴以及其他一切所需要的工具，把干草包运送到目的地。

这一次的情况是这样，有个流行音乐节要在不太远的地方举办，但是从距离上来看也得在那里露营一晚。所以，他们需要有人开车跟着他们，带上露营要用的衣服、食物等。我想之所以去的人是我，是因为我是唯一有时间开那辆唯一空闲的小汽车并且还算稳妥的人。尽管安德鲁也可能是把我当作他愿意与之同行的人，但我不能肯定。在开车过去的路上，只要一想到那个大场面和所有的年轻人我就害怕。通过电视上对这些音乐节的报道，对于那里可能是什么样子，我有自己的一番想象，我都能想象到那些节日游民的自信和活力，想象到他们那副知道自己所要知道的一切并能主宰自己命运的样子。年纪大一点的人也会去音乐节，

1 在同一块田地上，有顺序地在季节间或年间轮换种植不同的作物或复种组合的种植方式。轮作是用地养地相结合的一种生物学措施。

比我年纪还要大，但是我肯定，他们当中没有人会穿着一件印有农业饲料供应商名字的卫衣。哪怕我穿着打满补丁的裙子，编着辫子，我都会更开心一点，但是我一样也没有，再说头发也不够长。

当然了，当我们抵达那里时，音乐节还没开始，我觉得自己一路上想的那些有的没的真是蠢透了。那个地方全是一刻不停埋头工作的人，各种各样的人，分别忙着搭帐篷、搭舞台、搭厕所和搭食品摊。要是你把第一天在现场的人全部一字排开，我绝对是最不起眼的那一个。事情往往如此，每当我对于别人会如何评价自己感到极度焦虑时，最终我都会是最不起眼的那一个。

我在那里逗留了一整天，为安德鲁和他的朋友们提供食物还有热饮，他们则忙着把干草包安置在相应地点，并且搭建成城堡的样子，有城垛，还有用小的草包做成的通往城垛的楼梯，上面铺了木板做台阶。等他们完成后，我爬到了城堡顶端，向下俯瞰大家热火朝天地干活的场景，随后又看向场地之外，那里有平坦的陆地，田野里有绿色和金色的作物，还有深色的树丛以及深黑色的树篱。他们花了很长时间才搭起这座城堡，等我们坐在上面时，第一个表演已经开始调试音乐了。要等到第二天早上这座建筑才会对公众开放，所以我们可以独享这个看台的视野。夜幕降临，气氛就改变了，前来工作的人们完成了自己的活计，在我们脚下，仅仅为了寻乐而来的人越来越多。随后音乐响起，我完全被吸引住了，根本不可能走开。我一直待到爱德华给我打电话，数落我到底觉得自己在干吗，竟然离开这么久，他平常可不是个焦虑的人。我当然知道自己在干吗。我的头脑、身体和心灵都全神贯注于音乐和人群带来的震动上，我和共享音乐的数千人的能量连接在了一起。要是我的视线越过音乐节的场地边缘，在灯光熄灭之前看向环绕四周的农田，试着去想象唯独四面的田野在同自己一起感受这些被演奏出来的音乐，没有始终情绪高涨的人群，没有食物的气味，那这些音乐顶多就是噪声。但这又远不止是噪声。它真的引人入胜，而且，即便我还身处其中，还没有爬下草垛做的楼梯，还没有钻进车子开回农场，我就已经觉得这将会是我所怀念的事情。和我坚持对自己的想再看一次歌剧的承诺不一样。我觉得这是那种对我来说想参与进去却已经有些晚了的活动，我是说像我脚下那些人那样去参与——无论他们是年轻还是年老，我很肯定，他们都有能力通过某种方式去懂得、去体验这里所发生的一切，我却不行。但我确实这样感受过一次了。

别太贪心实在太重要了。如你所说，享受你找到的覆盆子就可以了。在我写下这封信的时候，我能透过窗户看到开满花的大青属植物。

尽快回信。

你亲爱的

蒂娜

锡尔克堡

8月17日

亲爱的蒂娜:

尽管你不怎么听音乐，但你是懂音乐的。身处音乐现场的感受你描述得特别好，那是如此开阔的一个空间，有那么多那么多的乐器和声音来共同塑造这一切。正如我对你说的，我在一个教堂的唱诗班里唱歌，我们在锡尔克堡最大的教堂里演出。其实并非因为我们唱的歌是在赞美上帝所以才在教堂唱，而是因为那个教堂对唱诗班来说是整个锡尔克堡最适合歌唱的地方。在表演的时候，我的感觉和你的描述如出一辙，我和周围其他歌者的能量"连接"了起来。（希望我的英语水平在给你写信的过程中得到了提升。如果确实如此，那一定是因为你的用词如此丰富，而我抓住了其中的节奏，正如我抓住了唱诗班里其他人的节奏一样。或许我们正在开始合唱。）

七月的时候，我们的唱诗班举行了一场轻歌剧音乐会，是霍夫曼·雷哈尔的作品，丹麦民歌。都是些积极向上、旋律优美的歌曲，朗朗上口，也很容易听进去。这是我会唱给自己听的那种歌谣，当然了，并不是大声唱，而是在我骑车上班的路上，用来从时风时雨的天气里分散一下注意力。音乐会并不壮阔，也不激动人心，却充满慰藉。教堂每天晚上都座无虚席，人们都是买了票的，他们并不总是甘愿买票。我们唱得开心，听众们也很开心，大声鼓掌，要求再来一首，这也同样不常有。音乐会在天黑之前结束，七月天黑得很晚，所以结束的时候天气仍旧很暖，可以在街上四处走走，在咖啡馆的室外小坐。观众和表演者一起来到教堂外面的广场上，加入到已经在广场上的锡尔克堡居民之中，或是享受着温暖与暮光，或是待在咖啡馆和酒吧里，或是讨论着刚刚听过的音乐。总而言之，你可以说，正如唱诗班的负责人说的那样，无论是对我们自己还是对媒体来说，这都是一次巨大的成功，我们不仅把快乐和欢笑带进了教堂，同样也带到了锡尔克堡的市中心。不过，尽管这一切令人心旷神怡，但我觉得这和你所描述的听了歌剧以及去了音乐节的那种感受不尽相同。我的这种感觉还是太过简单了。

我更喜欢有着复杂音乐的音乐会，那些或许不是那么悦耳动听，不那么容易学会，不那么容易唱，我想也不那么容易听懂。于是我便开始琢磨音符，以及其他组成和声的声音，似乎这样的音乐总是闪现在我们的努力创造之外。我出离自身，进入音乐。我以前从来没有表达过这种想法。

作为一种规则，我们这些唱诗班成员集体排练、集体演出。有些成员本来就是朋友，有些则因此成了朋友。我们当中大部分人彼此聊的都只与音乐有关，或者是作为唱诗班的一员遇到了哪些小问题——冬天的寒流、缺少时间，诸如此类。站在我左手边的尤尔根是个电力公司的工程师，站在我右手边的马丁是个历史老师，我很想知道他们是否和我有同样的感受。我应该问问他们，但是我可能不会那么做。一部分原因是他们会觉得这不像是我会去做的事情，我也确实不大可能这么做。我们可能会想成为不同的自己，但又不想扰乱人们已经建立起的看法，或许倒是可以用一个不那么鲜明的印象来进行替换。

我明白为什么你不可能享受《蝴蝶夫人》的CD，因为你听的是片段，并且还有许多事情来分你的心，所以这音乐对你来说是全新的。首先你要发现音乐，一定要集中注意力去听。当音乐听起来略微熟悉之后，每个音符都会如你期待的那样徐徐展开，然后你就可以只听几个小节也能获得乐趣，因为你对整个乐章的瑰丽已经有了记忆。

我有一张还没出生的小外孙的照片。他的（也可能是她的——卡琳知道答案，但她不告诉我）脸和头骨有一些托兰人的特征。虽然他的样子完全是简化到构成人类的基本元素，但存在感却是那么强烈，而我又不能立即伸出手去握住他的手，这实在太神奇了。

尽快回信。

安德斯

贝里圣埃德蒙兹

8月23日

亲爱的安德斯：

我们的房子里有了争吵。结果证明萨拉是正确的——尽管我还是觉得她的推断是错误的。玛丽和瓦西里打算离开了。他们在因弗内斯郊外买了一块地，在瓦西里盖房子期间，他们打算住在拖车里。玛丽接受了因弗内斯一家会计公司的工作，将要每天早晨踩着高跟鞋，穿着白衬衫，带着公文包从拖车里出来，去城里上班。瓦西里则会穿着他的工装裤出来，启动水泥搅拌车。

他们在去苏格兰的几次旅行期间安排好了这一切，我们其他人都以为那只不过是度度假、散散步、观观光、喝喝威士忌。爱德华“坐不住”了（多奇怪的一个词啊，但是我想不到其他合适的词了。它表示的是一种混杂了愤怒与挫败感的情绪，这种情绪一直噬咬你，让你的身体一直没办法舒舒服服地在那块地方待着）。有一件事他是确信的，他们在没有告诉任何人自己心里想法的情况下安排了这一切是不正当的——这意思就是说，没有告诉他。其实，要是他们提前告诉了我们，我反而会觉得比较惊讶。

他们并不习惯于谈论自己（或者其他事也一样），如果他们克服了内敛的天性，提前让爱德华知晓了这一切，那爱德华就会用他们根本承受不了的语言洪流来发泄。基本都是骂人的话。我的丈夫从来没有搞清楚同别人说话和唠叨别人是不一样的。

爱德华对玛丽和瓦西里的第二条抱怨是他们将把他丢在尴尬的处境当中。这才是更重要的方面，那就是他们得考虑到他。他们还有一个月才走呢，但是无论他有多少时间，都永远不够他来找一个做账的替补会计和一个干杂活儿的替补工匠。

第三个问题，也是最重要的问题，那就是他得多花钱了。玛丽和瓦西里这两个劳动力相对来说还是很便宜的。我对他指出，这意味着我们可以把他们的房子租出去，从而获得一笔收入。但这并没有令他感到安慰，用他的话来说就是，他鄙视从“农业旅游者”那里获得收入。那是一条比较轻松的谋生之路，这种活动适合在城里长大的人，他们不喜欢繁重的工作，但又想亲近农场。这同坐在拖拉机驾驶室里以及索取农业补贴获得的收入根本不能相提并论。反正就以很少的花费甚至免费从自己的家庭成员中获得劳动力而言，没有什么比这种方式更能省钱、更令人满意。我知道出租度假屋是个重活儿，因为大部分工作都是由我来做的。但这样说也是白搭，因为爱德华对于这种经营方式真正反对的地方在于，他压根儿就不喜欢客人，无论什么人都不行。他并不希望他们出现在自己的农田里，无论他们有多开心，对农活有多感兴趣，或者他们本人多有趣，他都不欢迎。其实，很多客人三者皆有。他更喜欢那些整天待在房间里看电视的客人。通过无视他们，他可以得到某种快感。

这是我第一次想到或许我不会把正在写的这封信寄给你。我羞愧于自己竟然表达了这么多痛苦。只是，我真的很讨厌矛盾（我都能看到我妈妈了然于心地点头了）。我已经厌倦了把事情遮掩过去。

如果我销毁这封信的前半段，那就是在向你伪装自己，我并不想那么做，所以我会把这封信寄出去。这件事爆发后我就写下了一切，但是暴风雨越来越猛烈。我现在要继续了，用一种更平静的方式。

我回想关于孩子们我都和你说过些什么，以及我对他们的想法，只有在给你写信的时候我才能洞悉这些想法。在一个农场里长大，而后作为成年人继续在农场里生活工作，我一直以为他们是快乐的，结果我意识到我错了。我和玛丽聊了聊，问她："为什么？为什么要走？为什么是因弗内斯？"

她说："因为我想知道在其他地方生活是什么样的。生活在城市里。在办公室工作。"

"要是你不喜欢呢？"我接着问。

"那就换一换呗。"她说着对我露出了微笑，"怎么样都可以啊，没有什么东西是根深蒂固不能改变的。"

在我像她那么大的时候，我明白这个道理吗？即便是现在，我相信这个道理吗？当她说出那些话来，我脑海中浮现的画面是托兰人，静止的、静寂的，在他的泥煤床上固定千年。随后我又想到了我们对彼此使用过的词语，我和你，在描述我们的生活时——我的人生与粮食生产从未间断的时间表紧密相连，而你的人生呢，则致力于过去遗留下的化石遗迹。所以，我们很难说出没有什么东西是根深蒂固不能改变的，不是吗？季节永远不会停下来等待你觉得何时适合播种、何时适合收获。你研究的那些文物永远都是那个样子，它们代表了时间长河中的一个瞬间，它们没有改变的余地，所以你才会研究它们。正是因为这种不变，它们在告诉我们那些通过别的方式可能永远不会知道的事情时是那么可信。我不禁去想，我们是被自己一直以来的生活方式误导了，我们忽略了自己的个人潜能，以为我们只能是原本的样子。

关于音乐和子宫里小婴儿的样子，我还有想跟你分享的想法，但我还是先就此搁笔。在下一封信里我会愉快得多，会找到一些可以向你指出来的东西。“你看那个呀！”我会说，也会乐于想象你顺着我说的看了过去。

我也说不清你是不是写东西越来越像我，因为我不知道自己写东西怎么样，这些词语都是自己跃然纸上的。当我读你的回信时，它们听起来就像是你说的话，哼唱着我日渐熟悉的旋律，因此充满慰藉。

你亲爱的

蒂娜

锡尔克堡

8月30日

亲爱的蒂娜：

我很喜欢你的用词。我不得不买了一本更大的英文词典来确定我确实弄明白了你对我说的每一句话。喧嚣，我之前从来没听过这个单词，所以我很高兴遇见了它。我在词典里查了这个词，词典告诉我，它的意思是噪声，还有暴力骚乱。无论是在发音上，还是在我事先不能为之找到精确名称的意思上，这个词都让我感到愉快。昨天在博物馆里就有了喧嚣，我会为你细细道来。不过首先，我要先说说你女儿到苏格兰去的决定。

就像你丈夫不喜欢她这个决定的三点原因，我也有三点原因，或许可以让你将这次改变视作好事。第一点，你有了可以去造访的地方。我很喜欢旅行，并乐于体验孩子们居住的地方和我自己居住的地方有何不同之处，在我见到他们后那种陪伴感也令我身心舒畅。

第二点，苏格兰有很多山，难道你不会偶尔很向往山脉吗？

我们俩都住在没有山脉的地方，尽管我并不想住在山里，但在旅行到山脉之中时，我却很喜欢那种感觉。在二十岁那年，我有一个职业登山的朋友。他热衷于一切危险的运动——雪车、滑翔伞——为了我们的友谊，我也做了一些如果不是因为他我这辈子都不可能做的事情，并且绝不想再做第二次。当他开始登山时，我和他一起去了阿尔卑斯山。我永远也忘不了站在世界最边缘的那种感觉，近在眼前的只有岩壁，山谷远在天边，两者之间，空空如也，只有空气和天空。每当我来到山里，都能找回一些当时激动战栗的感觉。我也同样记得那种恐惧，那是当然的，并且很庆幸不用再次体验那一切。

第三点呢，你告诉过我，看到女儿在新婚时的那种幸福也同样让你感到幸福，以及这就是你想让她拥有却不知该如何给她的东西。通过这次搬去苏格兰，她难道不是正在一步步地深入体会幸福和满足吗？在发现自己深爱并想陪伴的人之后，和他一起探索别的生活方式，而不是继续她所知道的那种人生，不是很好吗？我是这么想的。

现在，该说说喧嚣了。开完一个讨论经费问题的会之后，我穿过博物馆，正要回自己的办公室。我的工作内容大部分与金钱息息相关。筹集经费并且安排经费使用其实并不是我的职责，但经费问题却一天天成了总要考虑的重要问题。有时候是关于博物馆可能要购买的东西的会议，有时则是关于特别展览的，尽管大部分讨论都是关于花费的，但我还算是挺享受的。费用非常重要，不容忽视。不过大部分会议都是关于如何围绕所有需要完成的事项来做好预算——清理、维修，还有一些是关于推动博物馆本身的重要工作的会议。昨天开的就是这样一场会议。

会议是在新楼开的，托兰人就保存在这里，我的办公室则是在老馆的楼上（与锡尔克堡的任何地方相比都非常老，但仍旧是在托兰人死后七百年才盖起来的）。两栋建筑之间有一片开放的绿地，那里有长凳供访客休息、晒太阳。经历了会议室的不见天日之后，我很渴望光明，但同时又急于回去做我很喜欢的那些工作。所以，我步履飞快地朝大门走去。与此同时，我听到托兰人展室里传出了最为凄凉的哀号。是孩子的哭声。其实在开会的过程中，我几乎都在想着卡琳的孩子的样子。它现在已经在我的公文包里了（和母雉鸡翅膀上的羽毛一起，这两样东西都让我很开心）。我一直在想着总有一天我要认识的那个孩子的样貌，同时也在想着除了托兰人这具躯体外，其他死于数个世纪以前的人的长相，他们的长相是相似的吧。因为在想这些，所以从托兰人躺着的那个展室里传来的啼哭声让我转了个方向，想去看看究竟是什么事惹得这个孩子这么不开心。

那是一个穿着漂亮裙子的小姑娘，就站在托兰人跟前流着眼泪，就好像永远也不可能被安慰。她的妈妈在同她讲话，握着她的手，试图安抚她。博物馆的一名员工抱着双臂站在一旁，要求这位母亲别让自己的孩子打搅了其他参观者。我进来的时候，这女孩已经哭得筋疲力尽，不再号啕大哭了，但仍然小声抽噎着。

我问了她的妈妈，是什么原因让小姑娘如此悲伤，她说：“她想让托兰人醒过来和她说话。桌子旁边的那位女士说她可以问他问题，但是她不明白他为什么不能回答。她觉得他可能只是睡着了，于是我就告诉她，他永远也不可能醒过来了。”

我需要解释一下的是，展览托兰人的房间外有一块互动面板，通过这块面板可以挖掘出更多相关信息，关于铁器时代，关于这具遗体，关于发现并保存托兰人的整个过程，等等，只要点击那些问号就可以。接待员对小姑娘说她可以问问题，其实是这个意思。

“他很可能是睡着了。”我说，“我一直都希望他能醒过来，和我说话。他看上去就像是那种我愿意去认识的人。”小姑娘不再继续制造噪声，而是抬起头来看向我，但是眼泪仍旧顺着脸庞滑落下来。“你想问他什么呢？”我问道。

她把脸贴在了妈妈羊毛衫的袖子上。妈妈从口袋里拿出一张面巾纸，擦了擦她的脸。擦干净脸后，小姑娘再次抬起头来看着我，说：“我想让他给我讲一个故事。”

“我也是这么希望的。”我说，“除非他能够醒过来，否则我们永远也不可能知道他会给我们讲些什么故事。”

“那你觉得他有一天会醒过来吗？”小姑娘问道。

“不。”我说，“我觉得他并不想醒过来。他的人生一定非常艰辛，和你的生活完全不一样，残酷的事情会降临在他身上。而现在，你看，他很安宁。我们应该让他就像现在这样。”

“但是我们可以给他讲个故事。”她的妈妈说，“虽然他不能给我们讲他的故事，但也许他想听一听我们的某个故事呢。”

说罢她席地而坐，盘起双腿，让孩子坐在膝头，开始讲起了一个故事。那是一个我之前没看过也没听过的故事，但确实是个好故事，我会尽可能按照那个妈妈讲的方式来复述给你听。

曾经有一个完全用破布做成的男人。他的脑袋是用抹布做成的球状，头发是用法兰绒撕成的条，有些是黑色的，有些是黄色的。他的衣服是用一片片布拼成的，各种颜色、各种花纹、各种尺寸、各种形状，像一道瀑布。他的手脚是用硬帆布做的。他的眼睛是用浅蓝色丝绸的边角料做的，嘴巴是红丝绒裁剪成的月牙形，倒转过来就成了一个亘古不变的微笑。当破布男第一次来到镇子里时，那些还没有长大的孩子都朝他丢东西，而家长们呢，考虑的就只有干净和整洁，所以紧锁前门，不让破布男进来，他睡在他们院子里的灌木丛下。即便是那些已经长大的孩子，还有那些觉得什么也没有拥抱和欢笑重要的家长，也都不愿意靠近破布男。于是他就住到了公园里，那里有一个又大又圆的湖，还有很多树，没人太在意他。

后来的某一天，人们又开始讨论起破布男。“你们看见了吗？”他们问彼此，“他怎么了？”每次他们看见他，他身上的破布就少一点。他那一大把法兰绒头发现在只剩下几绺，他的衣服也只剩下黯淡发白的几片布，甚至他的脸也消瘦了很多，就好像是被扯掉了一两层抹布。

“他比原来还要邋遢，令人作呕。”那些成熟的坏孩子和过分讲究的家长这样说。

“他看起来很难过。”有教养的孩子和有爱心的家长这样说。

当全镇的人都聚集在街上等着国庆节的庆祝开始时，他们说起了破布男，一个丈夫刚刚去世的女士说道："我现在觉得很愧疚。我真不应该接受他递给我擦眼泪的那块衣服上的布，但是那块布让我想起了以前给丈夫做过的上衣，让我想起了愉快的往昔，真的给了我很大的安慰。"

"我也一样。"站在她附近的一个男人开了口，他的房子烧毁了，没有地方可住，只能住在花园的小棚屋里，"我真的非常绝望，破布男给了我一块布来擦脸，当我看着这块布时，觉得自己应该振作起来。我想，至少我可以保持棚屋的整洁，好歹可以让我找回一些自尊。我当即好多了。"

人们就这样接龙下去——沿街上上下下的人都在忏悔自己曾经接受过破布男提供给他们的破布。似乎镇子里每个伤过心或者沮丧过的人都会到公园里去环湖走一走，与自己的痛苦和悔恨独处。不消一会儿，破布男就会从树丛里出来，从自己的衣服上、头发上或者脸上扯下一块布递给他们，就像你看到什么人在哭泣时会递上手帕那样。每一次，破布男都让他们变得积极起来，尽管心情仍然沮丧，但从那一刻开始，他们觉得自己可以离开公园，回去继续生活了。

很快，人群当中的每个人都讲了一个故事，或者听了一个故事，每个故事都是关于破布男的友善的。当管弦乐队开始演奏，孩子们翩翩起舞，神奇的南瓜——那是这个骄傲国度的象征（源于一个传说，一个勇敢的男人躲在一个巨大的南瓜里，并且一跃而出从入侵者手中拯救了整个民族）——已经准备好穿过人潮时，镇长站了起来，发表了讲话。

“破布男是在牺牲自己帮助他人，用身上一片又一片的破布。”他说，“现在轮到我们将他失去的东西还回去了。”

于是镇子里的所有人，甚至是那些曾经鄙视破布男的人——因为他们也会遭遇悲剧，也需要安慰——在湖边的小路上留下了自己不再需要或者可以腾出来的衣服。在这之后，破布男又变得像从前一样五彩斑斓，仍旧圆滚滚的，衣衫褴褛。现在镇子里的居民可以从他穿着的衣服辨认出自己熟悉的那一块布料——剧院旧窗帘上的布料、教堂里帆布跪垫上的余料、从前挂在屠夫窗户上的雨篷。现在人人都爱破布男，尤其是那些有过不开心的人，而且，有时候，难道不是人人都不开心吗？

展室里的每个人都安静地听着，对着孩子微笑，而她的妈妈则面对铁器时代男人那完美保留下来的面庞讲述了一个他永远也无法想象的故事。故事讲完时，那个小姑娘说：“我们现在能吃个冰激凌吗？”说罢便和妈妈一起离开了。

我看着托兰人的面庞，想象着那皮革似的皮肤是旧日干净的衣服，而他的笑容则是缝制上去的。我真希望我们知道他死时的状况，并不是他怎样死去的细节，这些我们都是知道的，而是他死前的几个小时甚至几天前的情况。他是为了别人的利益而自告奋勇牺牲的吗，就像那个破布男一样？又或者他的死亡是一种惩罚，他犯了周围人不能原谅的罪过？我觉得在你写第一封信的时候，你在哭，恐怕是因为，在某种程度上，你觉得托兰人应该醒过来，告诉你有所裨益的故事。结果反而是我们两个在给彼此讲故事。

我很高兴事情是这样的。

尽快回信。想想山。

你亲爱的
安德斯

贝里圣埃德蒙兹

9月6日

亲爱的安德斯：

一切都尘埃落定了。你看见了，这是一封装在信封里的信，因为我有东西要寄给你。后面我会解释的。

谢谢你的这个故事。读完这个故事后，我去找了存放旧布料和衣服的箱子，我知道我永远也不会用到这些布料或者再穿上这些衣服，但是又不能忍受就这么把它们给扔了。我哥哥卧室里的窗帘也在其中，背景色是灰色的，花纹是黑色的帆船，帆是蓝色或者红色的，是很简单的图案，就是印象派画家会画成的那种简单的样子，而不是漫画家会画的那种。我和我的姐妹则拥有粉色的窗帘，上面有花朵。还是小孩子时，我很气恼为什么不能让我拥有哥哥那样的窗帘，那种窗帘你可以一看再看，每次看到的小船都不一样。有时候它们看上去就好像随时准备起航；有时候看起来则是凝滞的，行动迟缓；有时候它们看起来压根儿就不像船，就像是一些线条和图形，可以是你所希望的任何东西。

等到妈妈重新装修房间的时候，我找她要了这个窗帘，想挂在顶楼的卧房里，那里有我的缝纫机和书桌，同时也是我写这些信的地方，但是它们和窗户的尺寸不合，而且我又不想在那里挂窗帘了，因为想毫无遮挡地看见天空。所以，我就把窗帘给收进了箱子。

我和你说过的那条裙子，就是穿着和贝拉一起去看歌剧的那条，也同样在箱子里。箱子里还有一条贝拉买的围巾，是我们还在一起的时候她送给我的，是樱桃色的丝绸，上面的图案是用小小的亮片缝制的。她几乎在瞬间就认定这条围巾不适合她，所以就把它系到了我的脖子上。那一整天我都围着这条围巾，而后就再也没围过了。我很喜欢这条围巾生气勃勃的感觉，多华丽啊，而且也能想象到它或许是很适合我，要是我能有一件别的衣服来搭配，它就会像一束摘自满园繁花中的康乃馨。可要是我用自己穿的衣服来搭配它，这条围巾就会像是一堆枯叶里的一枝康乃馨。

当我看着这些东西的时候，或许不该去想什么“裙子”“围巾”“窗帘”，而是应该想“破布”，然后把它们都拼拼凑凑地补缀起来。这样一想，我就剪下了一小块窗帘寄给你，因为我没有办法用文字来绘制一幅更美好的图画了。

关于音乐，其实我想说的和音乐并没有关系，我想说的是诗歌。诗歌是我生活的一部分，正如音乐是你生活的一部分。我觉得这是另一样来自托兰人馈赠的东西。要是谢默斯·希尼没有写下那首关于托兰人的诗，我就永远不可能开始阅读诗歌。贝拉在图书馆的一本书里发现了这首诗，于是抄下来给了我。这些手写的诗行如今还贴在我家的墙上，关于他“泥炭棕的头颅”的描写就在他的照片旁边。从那以后，诗歌就成了我的音乐。我毫无计划地读诗，不过我喜欢的那些诗总是会告诉我一些作者的人生经验，比如说悲伤或者孤独，又或者是片刻的欢欣。我对阅读的选择也是很随机的，因为我所有关于诗歌的书都是从乐施会的慈善商店里买来的，那里只卖二手书。有位女士每周四在店里做志愿者，虽然羞于承认，但我确实不知道她的名字，只知道她很喜欢诗歌。只要星期四我在城里，就会去店里，然后她就会向我展示我上次离开之后又新捐赠到店里的诗集，并且给我推荐她认为我会喜欢的书。通常她的判断都是准确的。现在我已经有了自己的选择，主要是现代诗，并不是所有的诗人都很有名。就我所知，有些作品在比我更有文化修养的人看来并不算佳作。所以，我想说的就是，我明白你的意思，就是必须了解某样东西，某种程度上还能顺便从中得到一些乐趣，然后它就可以在背景中默默哼唱，随时可以被拎到表面上来，无论是半分钟、半个小时，还是可能或者必要的任何时长。在阅读一首诗歌时，它能够抓住那些占据了我脑海十次的想法或者点子。别看我的四肢疲于应付每天的工作，但我其实每时每刻都在思考一些东西。那些我最了解也最喜欢的诗歌我都已经记得滚瓜烂熟，我可以一眼就从纸上或者记忆中找出那么几行来，然后整首诗的乐趣就尽收眼底了。每当我为自己读一些新的诗歌时，必须读得很慢、很认真，而且，如果恰好是我特别喜欢的诗，我就会读上好几遍，最后它就会变成我最熟悉的那些诗之一。我从桌子旁边走过时就可以恰好翻开那一页，在晾衣绳和熨衣板之间，还有在把一篮子要洗的东西从身体的一侧挪到另一侧的时间里，我会沉浸在那么一两行诗句的美妙感觉之中，它能够给我支撑。

你也读诗吗?

我在怀着我的孩子们时，医院并没有给我们他们作为胎儿在子宫里的B超图片。但是我的媳妇有我的孙子们的B超图片，我把它们钉在了阁楼工作间的木板上。即便现在他们已经出生，变成了我熟悉并爱着的人，我仍旧保留着他们的第一张照片，尽管我并不能说自己还会去看那些照片，大多数时候我甚至都注意不到它们。读完你的信之后，我把这些图片并排摆放在了书桌上，便很清楚你的意思了。这些照片并不仅仅是这个世界上某些还没有完全成形的人类的基本外表。这些图片同样也是一种承诺，承诺那些尚未可知的人仍旧可以被了解。

玛丽和瓦西里已经准备好离开了。他们打包了要带走的东西，东西极少，并且组织了一场告别派对。我本以为他们会一声不吭地悄然离开。我都能看到那幅画面：黎明前，他们打开农舍的门，把为数不多的行李放到瓦西里的货车后面。我想象天刚蒙蒙亮，我在引擎声中醒过来，眼看货车缓缓驶出大门，离我而去。事实上，我意识到，我一直以来都很理解他们对社交活动的不屑，在他们看来，那是一种勉为其难的亲密，所以他们总是积极回避着其他人。然而事实上，他们并没有回避别人，他们是有朋友的。他们会自己选择去见谁，和谁说话，这一切都基于他们想见谁，想同谁说话。他们所逃避的，是同那些他们并不想与之说话的人进行毫无意义的对话。所以会有一场派对。我负责做饭。我一直在请教瓦西里，因为他向我描述了一种食物，在他的故乡立陶宛，每逢庆祝之时，他的妈妈和奶奶都会做这道菜，我也从互联网上下载了食谱。食物很有分量，因为都是块根类蔬菜，应该很适合我家人的口味，比起细嚼慢咽，他们更喜欢大快朵颐。不过为了以防万一，我还是会做比萨饼和香肠卷。本来我还担心没有什么他们想吃的东西，结果呢，我却被要求为他们提供他们想要吃的食物。这反而让我有了情绪。我本可以说："这就是我做的饭，没有别的食物，你只能吃这个。"但是我不会这么做的。

与此同时，接替玛丽和瓦西里工作的人已经找到了，此刻我看向窗外，他们正被爱德华和塔姆领着，来来回回在院子里穿梭，学习农业上的事情。其实在任何情况下，这都不是必要的。没有了瓦西里我们还有格雷戈尔，也是个立陶宛人，是瓦西里的朋友，我觉得可能还是表亲。每当瓦西里的工作需要两个人协作时他就会一起干，他还是婚礼上的伴郎，皮肤黝黑，安静话少，和瓦西里像极了，只不过笑的时候更多一些，而且还会在工作时小声唱歌。尽管我会很想念瓦西里，但是想到可以经常看见格雷戈尔带着工具箱和梯子四处工作，倒也挺开心的。

但是我没办法以同样的态度来说接手玛丽工作的那个女人。她叫达芙妮·特莱格，在年纪上与我相仿，与玛丽相去甚远，和我们两个人都不像。选她是个明智之举，因为三月以来她一直在帮我们做一些基本的账簿管理工作，那会儿玛丽在忙着准备婚礼，所以她并不需要任何指导就可以上手这份工作。玛丽其实并不想选达芙妮，这是出于技能方面的考虑。玛丽说，达芙妮并不是很擅长管账，会出错，并且会把工作留给来查账的会计员去做，这又会产生额外的费用。我也不想选她，因为她和瓦西里、格雷戈尔、玛丽都不同，达芙妮从来不会等到有值得说的话时才张开嘴巴，而且她的体格也和农场工作这种目标明确的环境不相称。在这里，所有工作都是围绕着完成工作而进行的，每个地方都必须按要求保持干干净净，每个人都要手脚麻利，穿适合这个干净地方的衣服和鞋子。达芙妮是个胖女人，皮肤微微发粉。她虽并不总是穿粉色衣服，头发染的是棕色，却给我留下了粉色的印象。她从来都没有穿过雨靴，甚至连有鞋带、鞋底可以踩进泥土的鞋子也没有。不过这些都和这个决定无关（而且我刚刚说的那么多话都含有强烈偏见而且小气了，不能算数）。我们之所以无视玛丽的意见选择了达芙妮，是因为她有时间。而且，爱德华也说这么决定是正确的，因为达芙妮的丈夫去年去世了，他是爱德华的高尔夫球搭档，可怜的达芙妮在刚刚丧夫的状态里需要钱和工作。我觉得这个决定对他来说也同样是正确的，因为和格雷戈尔一样，她的报酬很少（从表面判断）。

想到山确实让我得到了安慰。尽快回信。

你亲爱的

蒂娜

锡尔克堡

9月18日

亲爱的蒂娜：

我没有打开包在窗帘布样本外面的棉纸就读了你的描述。你的用词让我期待它的样子。工作的时候，我把它从公文包里拿了出来放在办公桌上，随后我就被叫走了。等我回来的时候，一个同事正在等我，她指着那块布问我打算用来做什么，是干什么用的。我说我并不打算用它来做任何事情，它没有什么用处。那就是一块布，这就足够了。她说她不喜欢布料上的图案，我并不惊讶。我猜，她的家与我的家肯定和你的家很不一样，如果我正确理解了你说的话。让我描述一下我的房间吧。

它是在过去四十年里建成的，设计简单。房间很大，房间数量很少。在一楼，只有一间厨房、一间客厅和一间餐厅。二楼呢，是卧房和浴室，每面墙都是白色的。我没有窗帘，只有百叶窗。客厅里有一个很大、很软的沙发，面朝壁炉，还有几把外形酷似鸡蛋的硬椅子，这是很标准的丹麦设计。灯光很具戏剧性，主要的灯具也是典型的丹麦风格。我去过的许多房子里都有这样一盏灯，就像是一朵倒转过来的盛开的花。还有落地灯，它让我想到柳树，弯下腰来，让灯光环绕一周洒落下来（我又回头读了一下刚刚写的东西，发现自己是在用自然事物来描述事实上完全不自然的事物）。地板是木头的，还有小块小块的地毯。餐厅里有一张黑色的木头桌子，还有黑色的木头椅子。楼梯下面有一面延伸出来的墙壁，我让桌子面对墙，而我就是坐在这里写信的。那里还有一个书架、一张低矮的茶几，还有别的家具，用来把东西都收纳进去。我不知道你管这种家具叫什么。房间令人愉悦，让人感到悠闲自在，任何一个邻居的家都可能和我家一模一样。在明面上——书架上、窗台上以及其他家具上会摆着一两张照片，我想这也很常见。除此之外，还有波吉特选择要保存下来的东西，是从她随手捡的东西里挑选出来的，她带回家陈列起来。其他我所描述的东西都是我挑选的。我们刚搬来这里时，一直坚持假装是共同做的决定，但事实上，她同意我的一切提议。而我的提议都来自我在朋友们的房子里看到的东西，或者家具店里作为样板间的房间所呈现的样子。

以下是波吉特添砖加瓦的东西：

一片残破的陶器碎片，上面有奶油色的背景画，画的可能是收拢起来的孔雀尾巴，图案从上到下贯穿整个碎片。

一些收集来的鹅卵石，大小、形状和颜色都是不一样的。波吉特每周都要给它们换地方，在清扫的时候，会把它们作为一组重新排列，或者分成不同的小组。我们在结婚纪念日旅行之前它们是怎样排列的，如今还是老样子。我很清楚它们摆设的方式，所以在做清洁的时候我可以把它们挪开，然后还能复原。

一把有所损伤的铜挂锁，钥匙就插在锁眼儿里。锁是打开的。

用某种大型动物的蹄子做的碗。我不知道是什么动物。特别丑。

一块被海水打穿并扭曲变形的木板。很漂亮。

一块切片，来自一棵被砍倒的树的树干，很薄，但是很宽，能够看出树的年轮越往中心越小。

一个用纸牌做成的盒子，每种花色和每张牌都得到了展现。时间已然非常久远，并且很脏。

一个撕扯得很厉害的人偶，只有那长裙和卷卷的假发表示它曾经用来装饰过十八世纪的某个场景。

一堆纽扣。最底下是一颗猩红色的大纽扣，而后是越来越小、颜色越来越暗淡的纽扣，在纽扣塔的最上面是一颗特别小且完全透明的纽扣。

一堆搜集起来的细枝，组合成鸟巢的形状。我对这东西格外小心，它很容易散架。

波吉特从来没有就我刚刚写给你的这个清单做过任何解释，甚至从来就没有开口提过这些物品，而我也并不在意，因为她，我接受了它们，也接受了它们所蕴含的意义。可现在我却想，要是我坚持让她跟我说说关于这些东西的事情，或许我就能更靠近她。这些东西从来就没有在我们之间建立起连接，不像你给我的这块布，因为你告诉了我为什么它对你如此重要，从而在你和我之间建立了联系。我现在开始想，这些东西，在她去世后，我是那么小心翼翼地拂拭、保管，其实根本毫无意义，而我应该把我不想看到的东西给扔掉。我会问一问卡琳和埃里克，下周末他们两个都会过来。这种事不常有，我很兴奋。我看得出，为家人做饭对你来说很重要，我也会为我的家人做饭。

要是成功了的话，我会让你知道的。做饭，还有扔东西。我并不读诗，又是一颗在藤条上没有摘下来的覆盆子，我会顺着植株走回去寻找它。

你亲爱的
安德斯

贝里圣埃德蒙兹

9月27日

亲爱的安德斯：

如果要我选择房子里的某个房间来列下家具清单和里面的物品，那可能需要一张电子表格。如果我能够先给它们分门别类，这项工作可能还好处理一些——有用并常用的、有用但不常用的、完好无损的装饰品、有损坏的装饰品、本该属于别的地方的东西，以及随机物品。

在写下这些分类之后，我穿过了我们称作会客室的一个房间。这可真是个自命不凡的称呼，但是长辈们就是这样称呼这地方的，所以现在仍旧叫会客室。晚上的时候我们会坐在这个房间里。这里冬暖夏凉，我选择这个房间是因为这里最正式，所以杂物也最少。我一拿着清单走进去，立马发现用我列出来的这个分类根本就没办法着手从一片混乱之中整理出个所以然。这肯定让你见笑了，你可是编辑名录、分类、筛选、列项、归类的专家。我第一眼就看到了那个绿色的玻璃花瓶。其实我并没有用它来放花，一部分原因是我很少有花可放，但只要我抱着点亮房间的目的去种花、摘花的话，还是会有的，所以还有个原因是花瓶上有裂缝，水会渗出来。这是“有用但不常用”呢，还是“有损坏的装饰品”呢？于是我想我应该以“有损坏”和“完好无损”这两条名录开始，然后在下面再进行子分类。我很高兴花瓶干净利落地分进了“有损坏——有用但不常用”之中。但是问题又来了，它之所以孤零零地被放在会客室，是因为我喜欢它。它的绿色是很纯粹的绿，样子也很优美。所以，它最终应该属于“有损坏——装饰品”一栏吗？

你是怎样处理你的工作的？此刻我正盯着一条靴子的鞋带。没用。只有一条，有人买了两根新的鞋带，然后到会客室来更换了原先坏掉的鞋带，并将它扔在了这里，也没有把他不需要的这根给带走。在我拿着拂尘和真空吸尘器穿过整个房间时，这根没用的鞋带并不能被吸进去，所以我肯定想着要捡起这根被遗落下的旧鞋带。这样我就需要弯腰把它给捡起来，然后带回洗涤室的抽屉里，我们会在那里处理和鞋子有关的一切。我现在就能把它捡起来，但是随后我得穿过大厅，沿着走廊穿过厨房，走下几级台阶去到洗涤室。就为了一根鞋带，这样做似乎有点太花时间和精力了。如果我再看看周围，我还能看见其他需要被捡起来的东西，并且将它们放到应该放的地方，好好收起来：一双手套、一把剪刀、一本除湿器的使用手册、一个烟雾警报器的包装盒、一个眼镜盒（空的）、一个橡皮圈、一卷弹性绷带、一个饼干桶（空的）、一把折叠式小刀，还有两个高尔夫球座。这些东西里没有一样是属于洗涤房的。要是我打算带上所有这些东西（那我就得先拿来一个篮子或者一个包），把它们统统归位，这样一来我就得走遍一楼的每个房间，然后去二楼，接着还要去三楼，最后去院子里的农场办公室。我为什么要自找麻烦？

就算我想让房间摆脱掉那些被随手丢下来的东西，但是那里依然会有——我又回到那里去数了数——八把椅子、两张沙发、三张小桌子，还有其他四件家具——正如你所说，是用来收纳东西的。地板上也不例外，地板是方形的石块，铺着地毯，地毯边缘都磨损了。地上还有其他三个用来收纳木材、杂志和编织物的东西。墙上挂着八幅画，画面全是模模糊糊的，说不清楚它们到底想表达什么。有三张画画的是家畜，两张画的是树木，还有三张画的是人脸。要是我还想从画中得到更多信息，就得把它们拿到外面的阳光下，或者拿个手电筒来照亮，因为房间里的窗户实在太小了，而唯一的灯光——除了在做编织时用来看清针脚的落地灯——是一盏顶灯，四个角落都有支架伸出去，顶端都是一个向上的粉色玻璃灯罩，底部有一圈黑边，死掉的苍蝇都堆积在那片阴影里。我没有办法数清楚这些装饰品，所以便开始计算如果我像玛丽和瓦西里一样离开，我会把哪些东西装进货车。答案是三样：开裂的玻璃花瓶；一个穿着长裙、目中无人、没有上釉的女性陶俑，这是一款很有设计感的烛花剪，所以是可能用得上的，但是房间里并没有蜡烛，所以它顶多就是个有漏洞的花瓶；一个木头碗，最近里面装满了胡桃，还装了两个高尔夫球和一把零钱，在把碗放进货车之前，我会把里面的这些东西都扔掉。花瓶是我妈妈的，烛花剪是我去大雅茅斯度假时买的，木头碗是爱德华在集市上给我买的。但是，并不是这种联结让我选择了这些东西。我之所以选择它们，只是因为我愿意看见它们。

偶尔我也会抱怨这个房子里数量过剩的物品，从爱德华的反应当中我能看出他的感觉和我不太一样。对他来说，房子代表着延续和传统、安全与根基。如果明天他就要从这个房子里被赶出去，哪怕他身怀一技之长，只要被留在别的地方生活，他绝对会像在风暴中被扯掉了外套的人一样浑身发抖。他会觉得自己浑身赤裸，没有实体。对我来说，这栋房子及其里面的所有东西都像是雨季里我在田间遛狗时沾染在我靴子上的泥巴，把我向后拽、向下拖，限制着我迈向远方的步伐。

写这封信时我很愉快。请给我写信，告诉我关于家里的那些物品，你们讨论的结果如何。请告诉我，你选择了仅仅保留下哪些带给你愉悦的东西。我同时为你办公桌的位置感到焦虑。我不喜欢去想你是面对着一面墙给我写信。我更愿意去想象在你的视野之中有云朵飘过天际，有邻居的旗杆，还有一两只海鸥。不过，要是实在没有别的地方可以放桌子的话，那我宁愿你面对墙壁给我写信，这也比根本不给我写信要强。

你亲爱的

蒂娜

锡尔克堡

10月1日

亲爱的蒂娜：

在你的来信中我能感觉到你很沮丧，而我因为你的沮丧而沮丧。我们开始通信的时候，我找不到一丁点快乐的理由，而写信给我带来了幸福感。可如果这让你感到不开心，我会非常难过。我的意思是，如果这让你在某些方面认为你的生活似乎是你的负担，那还不如不写信为好。你将悲伤的重担从我身上卸下，我希望也能为你做同样的事情。我的心情越来越好，并且有机会获得越来越多的幸福感，与此同时，我很担心你会拿自己的生活进行比较，而这或许会让你痛苦。

现在，就让我来告诉你，读过你描述的那间和家人们一起端坐于其中的房间后，我的想法是怎样的。我觉得要是被你提到的那些房间里的东西环绕身边，我肯定会觉得讨厌。我对此很不习惯，我也承认我可能会发现自己很想把它们给整合起来，编辑成名录。这对我来说是很有必要的，因为这就是我的工作方式，也是我的自我管理方式。但是我同样认为，这也证明了你的房子里有人居住。他们不断地进进出出。他们会做每个人在家里的时候都可能做的事情，换鞋带、阅读说明书、掏空口袋寻找一把折叠刀，这都是很有可能的。可是在我的房子里呢，一个人也没有。我下班回到家，没有灯光亮着，从我早上离开家后，就没有一样物品被碰触过。你说你的丈夫如果失去了房子会有怎样的感受，我能理解。我总是能意识到自己身后空荡荡的空间。我的意思是，行动的缺失。屋子里也没有装饰品，不过这是我自己的选择，我觉得理应如此。我之所以会注意到空荡荡的空间，是因为这个周末的时候那里被我的孩子们填满了，就像你的来信一样，在我原本的生活之外又开启了一种新的生活方式。

我要和你说说这个周末。我不会掩饰自己有多享受它，尽管你并没有什么愉快的事情可以告诉我，我想到在这种情况下这样做可能显得有些不善良，但我知道，你不会把它想成是不友好的举动。

架子上有本书，我照着里面的菜谱做了炖菜。为了确保自己每一步都是按照书里的步骤来操作，我甚至精确测量出了四分之一茶匙的盐。做饭的时候，饭菜的味道填充了空荡荡的房间，让这些房间已然像是有人居住的家了。星期五晚上，埃里克和卡琳一起到来。我不知道用什么词语（无论是英语还是丹麦语）可以描述我打开门来看到他们站在那里时心里升腾起的情绪。屋子外面很黑，门廊上的灯将他们照亮，是那么温暖、真实，他们嘲笑围裙上沾满番茄和肉汁的我。卡琳看起来非常高贵。她现在是“易碎品”，但也越来越坚固。她把自己裹在一件针织品里，我猜应该叫斗篷，她用这个替代了外套。斗篷围着她的身体包裹了一整圈，打着优雅的褶从肩膀上垂下来，隆起之中就是我的外孙，我女儿的脑袋从脖子处探出来，和往常一样漂亮（至少对我来说如此），但是她的脸上还有另外的光彩……现在我真是词穷了，我想说什么呢？健康、光泽、满足感？就是之前并不存在的某样特质。

如果我把自己的女儿说得就好像她是这个世界上最特别的人，那可真是太抱歉了，毕竟她只是对我而言很特别。她对我来说真的是太独特了，尤其是此时此刻，等待着孩子的出生，在她妈妈去世的悲痛之后，终于又有阳光再度照耀进我们的生活。也包括她妈妈的生活，我可以这样说。关于创伤后应激反应，人们已经说得太多了。现在我看着卡琳，怀疑自己是不是碰上了创伤后愉悦反应。

埃里克比我们两个人都高，他是个热情的人，显然比我要热情得多，他的其中一种热情就是对食物，所以他很胖。他对人也同样充满热情，经常亲吻、拥抱别人，比我和卡琳做得频繁，也比波吉特频繁（她特别吝啬于拥抱）。他很容易大哭大笑，和他在一起会特别开心，但绝不轻松。

卡琳带了一条面包来，里面有坚果和其他果仁，还有一个用苹果做的布丁。埃里克则带来一瓶上好的勃艮第红葡萄酒，这些额外的礼物让我的炖菜显得更加美味了，虽然我觉得味道其实很平常。我拿出了白瓷盘子和餐具，还有我最爱的造型简单的玻璃高脚杯，用白色的亚麻餐巾和三个白蜡烛台装点了餐桌（你那位可以当作烛花剪的陶俑女士在我的房子里可以找到不错的位置）。我们一起吃了饭，埃里克和我喝了葡萄酒。卡琳已经把近期出版的所有关于怀孕的书全读了一遍，所以滴酒不沾。饭后我们坐在壁炉前的沙发上聊天，聊的都是卡琳，她的健康、她的情绪，还有她的宝宝。我们其乐融融栖身于温暖之中，布鲁赫的小提琴协奏曲温柔地流淌，她决定告诉我，宝宝是个女孩儿，她的名字将会是波吉特。我抑制不住内心的喜悦，也止不住为这种喜悦而惭愧。卡琳没有丈夫，孩子的父亲远在地球另一边，压根儿不知道女儿的存在，她会降生在我的家庭，在埃里克、卡琳和我的家里，没有任何人比我们更有资格去爱她、抚养她。在这样的时刻，我知道这种喜悦很自私。

星期六早上，我们坐下来吃早饭时，我对他们说，我在想上一封信里我列出的那些物品是否应该一成不变地摆在原处，作为纪念品，纪念他们妈妈脑袋里古怪的念头。又或者，是否是时候把它们视为偶然被一只无名的手放在这里，所以我可以根据自己的意愿保留或者处理掉它们，留不留只取决于我是否喜欢它们。埃里克双臂交叠搁在桌子上，脑袋则搭在手臂上。我不明白这个反应的意思，所以我看向卡琳，而她则在微笑。

“是个好主意吗？”我问。

“很好的主意。”她说。

“哈利路亚！”埃里克说着从桌上抬起头来，“真不敢相信你用了这么久才决定。”

我们把所有东西一字排开。我选择了那片瓷器和那块像弓一样的木头。这两样东西是我觉得赏心悦目的。卡琳选择了纽扣和鹅卵石。她有一个做首饰的朋友，雕刻一些随手找到的东西——卡琳是这么说的。我希望你能理解我的意思。埃里克选择了树干。

他说这东西很适合他的书桌，既不碍事，又能出现在视线中，目光落在上面时，总能想起自己的妈妈，除此之外他没有什么别的想法，或者说他唯一的想法就是不想继续思考。这样我们就剩下了挂锁、碗、盒子、玩偶和细枝。我们把所有这些东西放进袋子，埃里克和我穿上外套，卡琳则裹上披肩。这里还很冷，那日的风让我们想起了冬季。

我们去了锡尔克堡一家买卖二手古物的商店。那里不卖什么特别庞大或者特别精致的东西，事实上，它兜售的大部分东西都只是旧物——这和古物的差别大吗？——不可爱，也没什么价值。但是我却很喜欢看里面的东西，有时我也会在这里买书，因此我算是常客。我把盒子、碗和玩偶给了经营商店的女士。商店照明很好，但老板娘坐的地方在后面的凹室里，面前的桌子上堆满了纸张，显得很阴森。我从来没有认真打量过她，却对她有着年纪很大的印象。当我们把纸牌做的盒子和玩偶递给她时，她拧亮了一只明亮的灯泡，我发现她虽然没有那么年轻，但实际上也绝没有那么苍老。她的脸上有伤疤，我觉得那种伤疤像是车祸留下的。她谈论起我们带来的这些东西，尽管说的是丹麦语，但是很显然，她并不是丹麦人。我当时就想，这里有一个人，她有着我闻所未闻的故事可以讲述。

这个人偶，她说，损坏得太厉害了，完全不值钱，但是她很喜欢那个盒子，可以为此付钱给我们。埃里克马上说我们不要钱，但是想在商店里找些东西来填补拿走人偶和盒子后空出来的地方，如果她愿意，无论我们选择什么物品，最好都能给我们打折。我们看遍了货架、桌子和窗台上的物品，最后，看到了一个玻璃瓶，我当即决定，这就是我想要的东西。或许是我的脑海中浮现出了你提起的花瓶，尽管我不知道那个花瓶到底是什么样子、什么形状、什么样深浅的绿色。即便那个瓶子和这个玻璃瓶没有什么关联，我也很喜欢它。埃里克和卡琳也很喜欢。我们买下的这个玻璃瓶身上就像是有酒窝（我觉得应该是这个词）一样，仿佛是在冷却的时候有人把手指戳了上去。瓶子是蓝色的。这东西并不古老，老板娘告诉我们，所以比较便宜，而且边缘上还有个裂口。之所以把它放到商店里，她说，是因为她自己很喜欢，包括形状、颜色，还有材质。她用了一个丹麦词语来表示固体的坚硬度，差不多就像是一块木头一样结实、坚硬。这不是一个母语者会在这种语境里使用的词，却是个不错的词。这个花瓶她分文不取，卡琳买了一个打算钉在婴儿房墙上的绣花样品，她只收了这份钱。这是一个叫艾莉丝的女孩绣的，1905年的时候她十二岁。

老板娘不想要用动物蹄子做成的碗。因为它太难看了，她说。她是对的。就在我们要离开的时候，埃里克把挂锁掏出来递给了她。要是她用得上的话，他说，他很乐意让她留下来。她说在丹麦她并不担心东西被偷，但是一定会有那样的一个时候，她想保证什么东西的安全，所以她很高兴可以留下这个挂锁以防万一。

离开商店后我们步行去了湖边。湖面是灰色的，被风吹皱，像往常一样。埃里克跪在水边，卡琳把人偶递给了他。他把人偶滑进水中，并且推了它一把让它离开岸边。它漂了那么一会儿，微风很快就掀起了小小的浪花，拍打在破破烂烂的丝绸上，淹没了上了漆的躯干，它挣扎了片刻便沉了下去，消失在了视线之中。接下来她又把碗递给他。他把碗放在湖面上，然后抓了一把鹅卵石站起来，要是它漂的时间太久，他就把它给弄沉，不过它在水中被翻过来两次，而后就跌入了湖面之下，几乎就是一瞬间。我希望这个蹄子不要因为某种原因而被保存起来，没有腐烂，毕竟所有的动物有机物都要腐烂，回归尘土。

最后，埃里克把细枝做的鸟巢放在了湖面上，我们看着风和水花同它嬉戏，把它从我们跟前带走又送回，仿佛是在诱惑我们，让我们做决定，承认我们并不是真的想让它走。它看起来是那么轻巧，就像风暴中从树上掉落下来的任何细枝或者叶片一样无足轻重。我无法相信自己竟然悉心保管了它这么久。最终，它散架了，变回了一堆细枝——可能是来自任何灌木丛、任何一棵树。它回到了几年前就应当落入的地方，如果不是一只人类的手把它从地上捡起来并且带走，它早就该落在这里了。眼看细枝随水漂流，成为湖中其他植物的一部分，我疑惑，像我这样度过一生是否有价值？你们至少还会生产食物。那我做的事情又对他人有什么好处呢？我把这些想法在这里说出来，作为我和你交流的一部分。和我怀着孕的美丽女儿还有精神抖擞的胖儿子一起站在岸边，这些想法并没有让我沮丧。我把这些想法写下来告诉你，也没有让我沮丧。但我还是很好奇，关于这个主题你会说些什么呢？

此刻孩子们已经离开了，我正坐在书桌前，看着全新的空荡荡的房间，以及那个新得的花瓶，还有窗外的黑暗，本来这些都应该在我身后的，但是我按照你说的挪动了书桌。

请不要为你人生的境遇而恼怒。就像你女儿说的，没有什么东西是根深蒂固不能改变的。

你亲爱的

安德斯

贝里圣埃德蒙兹

10月6日

亲爱的安德斯：

我不知道如果没有你的来信我该怎样过下去。你让我为自己感到羞耻，但也更开心。之所以开心，是因为知道你的书桌现在终于面向天空了——我们的天空，你的斯堪的纳维亚天空、我的东英吉利亚天空。你对孩子们的描述以及他们带给你的感受读来都令人心情大好，也让我觉得应该更仔细地看看自己的孩子。我每天都能看见他们，反而不太去想他们的事情。我应该对他们究竟是怎样的人更感兴趣才对。在院子里的时候，我从塔姆身旁经过，他正同一个油轮驾驶员说话，驾驶员是来交货的。我便停下脚步，看着他。他和他的爸爸很像，体格强壮，身材四方。他的站姿也和他爸爸如出一辙，身体微微倾斜，就好像打算随时走开一样，也像靠在一根不存在的柱子上。他注意到我在看他，问我是不是有什么需求。我原本可以说："我想更了解你。"但事实上我已经很了解他了，所以我或许可以说："我想和你更亲近一点。"我不知道该怎样做到。

随后我又走进了机械棚，安德鲁正在那里修一台很老旧的拖拉机，是我们用来做零活儿的。之所以还在修，是因为安德鲁很喜欢老式拖拉机，而爱德华呢，除非这个东西再也没什么用处了，他才舍得彻底抛弃。安德鲁在外表上更像我，身子更窄、更瘦，比他哥哥的腿更长。我问他是否开心。对此，我们有个约定俗成的说法："你工作得开心吗？"意思只是你现在需要什么东西吗，有没有什么我能帮上忙的，大概就是这种意思。安德鲁的反应就好像这是他听过很多次的习惯性说法，而并没有当作我真心想问的问题。

"要是这里的灯更亮一点的话，我就会更开心一点。"他说。棚子里有一盏条形的照明灯，他在拖拉机上方还固定了一盏检查灯，但是我明白他的意思，因为我在做缝纫的时候，也总觉得灯光不够亮。

"那样就能让你开心了吗？"我问道，"灯更亮一点。"

他停下了手里的活计，略显惊讶地看着我，甚至还有一点紧张。

"你这是怎么了？"他问，"有什么烦心的事情吗？"

"我说的是你，亲爱的。"我说，"不是我。我很开心。"

他似乎松了一口气。"那就好。"他说，"我也很开心。"

我并不确定我们两个人是不是说了实话。

现在，对于你的疑虑——考古学是不是有价值的工作，我会说（避免加入过于强烈的个人意见——这是对的，这是错的——就像我一贯持有的态度）这取决于你如何定义价值。现在，我们对生存有着最基本的需求——我们有食物、有居所，在统计学上也有概率遭遇人生当中的危险——我们不如还是用愉快和有趣的东西来填充自己的人生吧，至少这样还有可能获得知识，也能得到快乐。你不同意吗？如果有价值意味着“生命支持”，那农业肯定比考古学有价值。药物科学也是。如果有价值意味着“生命提升”，那么任何能够让你想入非非的东西都和生产粮食这种无聊而简单的工作一样重要。考古学肯定曾经吸引了你的眼球。

我们一直都在同彼此讨论生命的走向，如果我们各自度过人生的方式是我们想要拥有的方式，或者说是在我们做出选择时明知道有其他可能性存在也依然会选择的方式，那么就没有浪费生命。我向来坚信这一点。

玛丽和瓦西里已经离开了。他们在一个牲口棚里举办了自己的告别派对，来了成打成打的年轻人，有些人是带着孩子来的，跟着乐队的演奏翩翩起舞，有些是立陶宛人，有些不是。如你所知，我对音乐的品质不做判断，但是那天的音乐在我听来确实非常优美，并且让整个院子都洋溢着美妙的背景音乐。瓦西里在牲口棚和院子里挂满了圣诞小彩灯，不过这些灯光与其说是用来照明，不如说是为了装饰，所以在这些走来走去聊着天的人当中根本就找不出谁是谁，也很难在成群结队来回疯跑的孩子当中认出我自己的孙儿们。一开始我尽量待在食物附近，因为我觉得自己有责任确认食物吃起来可口，虽然我并没有办法去影响任何人，左右他们是否觉得愉快，但至少我能从他们吃饭的过程中看出我是否尽到了责任。食物吃得差不多之后，我便离开去找爱德华。

他不愿意在牲口棚里办派对，或者说根本就不愿意他们两个人离开，所以他喝了很多啤酒，我有点担心他的情绪。碰到儿媳萨拉的时候我还在找他，她抱着我的两个小孙儿——阿莫斯和佐伊。她问我是否介意带他们回去睡觉，并且在她和塔姆回家之前都陪在他们身边。

“我们不会很晚的。”她说，但是从她的脸色和她的走路姿势我看得出来，她已经喝了不知多少酒了，她这个样子让这个派对显得像是世界上最有意思的东西，任谁都很难抽身离开。

我带着阿莫斯和佐伊一起走上小路，往他们住的平房走去，渐渐远离音乐，到最后只能清楚地分辨出贝斯的重音。在圣诞彩灯的光芒之外，天空特别晴朗，就像孩子们画出来的夜空、新月和星星一样，是墨水般的深蓝色。最后的一百码我是抱着佐伊走的，等我们到家的时候她已经睡着了。我给阿莫斯读了篇故事，其间他一直在床上蹦，压根儿没听我读，还因为音乐、游戏以及人群而兴奋不已，随后几乎是在两次弹跳的间隙里，以及我的两句话之间，倏忽就睡着了。夜半之后，又过了很长时间，塔姆和萨拉才回来，我一直保持清醒，大部分时间就坐在黑暗之中，遥遥倾听派对的嘈杂。我发现在这个房间里很难放松下来。那曾是我公公婆婆居住的地方，我想我应该跟你说过。我一直都很讨厌这个房子，它的每块砖头、每根木料里都包含着不满，他们从来都不想从这个农舍里搬出去，而我也并不是他们从这里离开的合适理由。在萨拉的规划之下，这里变成了一个城郊居民的家，但这个房子并不在城郊，所以会让我觉得错乱。

等我到家的时候，爱德华已经回去了，但是没有睡觉。担心他在派对进行中可能会有什么异常是我错了。喝酒让他高兴，但是从自己女儿的家里躲出来却让他很沮丧，所以他正处在一种混乱又慈爱的心情之中。

现在，所有这些都已经远在身后了。他们已经离开了，派对的混乱也都整理完毕。瓦西里和玛丽之前住的房子人去楼空，我开始为了迎接客人的到来而做准备。我又去了会客室，挑出了五六件不想留在屋子里的家具和物件带到了他们的小农舍里。我在这里对这些东西进行了清洗、清理，还做了抛光，把它们放在合适的位置。我退后一步审视自己的成果，结果很惊讶地发现，一把有织锦坐垫的木头椅子、一张树下有几头牛的挂画、一张有着弧形腿和皮革面的茶几、一个牧羊女的瓷人和两个玻璃切割的红色酒杯，这些东西闪烁着崭新的光泽在自己的新家里，让人心旷神怡。我永远也不会在你描述的那个商店里买这些东西回来，就是后面的凹室里坐着个不老也不年轻的女人的商店，但是这些旧东西竟然并不像我一直深信不疑的那样难看。

当然了，根本就没人注意到这些东西都是从会客室而来。

破布男把身上的某片抹布作为礼物赠送给陷入悲惨的人，受此启发，我也同样摘下了固定在会客室那盏灯上的粉色玻璃灯罩，把夏天残留在里面的苍蝇尸体全都清理了出来。结果证明这样做会给人带来不可思议的振奋感，尽管现在灯的亮度也只是好了一点点，灯和灯罩也还是像原来一样难看。

同样地，也没有人注意到这个变化。

爱德华的心情好多了，如今最坏的事情已经发生了，并且也都过去了。现在，达芙妮一周在农场办公室里工作几天，看起来很忙。而我呢，则有了一个不再有那么多杂物，更整洁、更干净的会客室，还有一个装扮得漂漂亮亮的假日小屋。所以一切都好。

你被大片空白包围着，独自生活的那种画面，我看得见。你一定会备感寂寞吧。但其实，像我一样和其他人一起生活也会感到寂寞。

你亲爱的

蒂娜

哥本哈根

10月16日

亲爱的蒂娜：

你从地址就能看出来，我现在和卡琳一起在哥本哈根。上次我给你写过信之后，每一天都是满满的自豪，可紧接着我就坠入了绝望。没什么特别糟糕的事情，但我必须马上告诉你，所以读信的时候不要害怕。

卡琳在台阶上滑倒了，伤了脚踝，不是特别严重，但他们还是带她去了医院，医生判定她身上的所有指标都不正常，包括她的血压还有其他指标。他们对她说，她必须充分休息，不然她和宝宝就会有危险。所以，我就到这里来照顾她了，确保她什么也不做。这可不容易。她知道自己不应该动，所以就躺在沙发上。这一天里，我给她拿咖啡和蛋糕、汤和三明治，还有温热好吃的东西当晚餐。我不用自己动手做任何食物，因为每天都有朋友过来，每当她需要吃饭的时候，就总有人拿着一罐、一盘或者一锅东西过来让我给她吃。然而正是这些朋友让照看卡琳的任务变得艰巨。（这个句子我写得对吗？我能用单数形式的系动词来表示复数的朋友们吗？通过给你写信的时候检查单词和造句让我的英文大为进步，但是这个句子看起来好像不太对。）朋友们把源源不断的活力和喋喋不休的交谈带进了公寓，他们还会随身带来很多并不是用来吃的东西——观点、新闻、书、DVD、鲜花。所有这些东西都会让卡琳坐不住，她变得兴奋、活跃，和朋友们聊天，指出把花放在哪里，或者告诉他们自己的观点，还有自己之前看了什么书。光是和他们一起待在房间里就已经让我疲劳透顶，所以我就去厨房，如果厨房里也人满为患，我就会去街上走走，或者在寒风中骑车在附近兜兜风。现在我终于明白了，人满为患比一个人也没有还要孤单。

卡琳说朋友们并不会让她觉得累，他们会让她无暇去忧心自己的健康、宝宝的健康，以及将来会怎样。她工作上的同事也会来，还会带来文件。“这可不是什么都不做。”当我看到卡琳在看文件的时候就会这么跟她说。这一次她表示赞同，把文件放到了一边。而后她又开始说起本——宝宝的爸爸。医生的提醒让她疑惑，或许还是应该让他知道这个宝宝波吉特的存在。要是她发生了什么不测，没有能力照顾这个孩子，甚至是她不在了，谁照顾孩子呢？对此我无话可说。我不能说“我在这儿”，因为我知道我并不是那个答案。我并不是那个能够把抚养孩子的义务接过来的正确人选。并不仅仅因为我是个男人、不再年轻、没有妻子，还因为我没有表达爱的能力，那种小宝宝有权期待的爱——不藏着掖着，非常开放，并且源源不断。我也不知道本是否具备这项能力。我看过他的照片了，他看起来非常壮硕（我查了词典来寻找这个正确的单词，我觉得就是这个词了），但别的方面呢，我还能说出些什么来呢?

所以我站在了边缘处，这是我的感觉。我不知道卡琳能否在接下来的十周里怀揣这个宝宝，然后安全地把她生下来。也许这个宝宝能完美无缺地诞生。也许要同一个完全陌生的爸爸来分享这个宝宝。我觉得自己好像是在等待什么事情发生。我的整个婚姻生活就是在等待什么事情发生，同时期待它永远也不要发生。而现在呢，我在期待着什么事情发生，同时担心它永远也不会发生。

给我写信。

你亲爱的

安德斯

贝里圣埃德蒙兹

10月20日

亲爱的安德斯：

当你骑着车子，绕着卡琳住的哥本哈根某个区域兜风时，看着与你擦肩而过的人们，他们或步行，或开车，或骑车，你应当这样想：这些人中的每一个都曾是未降生的婴儿，他们每一个人都是被生出来的，安然无恙地度过童年，并且很可能都已经有了自己的孩子。当怀孕和分娩发生在你和你亲近的人身上时是那么惊天动地，但又是那么稀松平常。如果在卡琳和小宝宝波吉特身上发生了非同寻常的事情，那我将后悔自己写下的这些，不过这不太可能是你下次写信时会告诉我的消息，那时候肯定会是好消息。不过为了以防万一，我可以向你保证，如果是坏消息，如果未曾预料的坏事发生了，我就一定会去锡尔克堡博物馆，我们可以肩并肩站在托兰人面前，去接受我们的人生只是从属于某个时间段的一部分，我已经忍受下来，并将继续忍受下去，我们的悲哀和欢愉也只对我们自己意义非凡。既然做了这样的保证，那我也头一回可以说，希望自己没有理由很快就去锡尔克堡。

问我语法可是问错了人，我也只是习惯性地把词语串联在一起，如果这些词语恰好有了意义，我就高兴。而它们对你来说有意义，这才是最重要的。你说的话对我很重要，我也很喜欢你的说话方式。请继续写下去，就像你一直以来做的那样。

我在期待着卡琳和波吉特宝贝的好消息。

你亲爱的

蒂娜

锡尔克堡

10月30日

亲爱的蒂娜：

你是对的，分娩是再平常不过的事情。卡琳现在好多了，宝宝不再有危险，她的脚踝也恢复得不错。接下来的两周她要在家里工作，一直工作到宝宝出生为止。她的医生、她的助产士和她的朋友们全都告诉她这么打算是正确的，她自己也赞同。我当然也同样觉得这样计划没错，不过我想，如果不是因为和其他人立场一致，我的观点肯定是不算数的。

我已经回家来了，一开始她需要我，但现在不需要了。我在那里时，阻止卡琳像以前那样生活，所以现在我回到了这里，回到了自己的工作中。

我接到委托，要写一本有关生育女神形象的书，这可真是太及时了，恰好在我对“生育”这件事情思考得最多，并且最需要好运气的时候，生育女神在青铜时代和铁器时代都是很好的神灵，她会赐予你健康的宝宝。这本书不是写给专业人士看的——这需要更多的研究和田野调查，比我需要做的准备多很多——而是写给那些对此感兴趣的大众。当然这同样意味着这本书要精确，因为涉及诸多事实，而那些没有事实证据的部分，我就得有充足的理由来支撑自己的推断，同时还要平衡我和其他人之间的判断，所以有太多工作要做。我已经开发出一种归类这些形象的方法了，类似于某种目录，我想听到这个你肯定不会太惊讶。这是我坐在自己的办公室里就可以进行的工作，我很享受这项任务。

我们帮助彼此克服了悲伤的情绪，但我反而担心我们正让自己陷入更深的绝望。那是一种无助。此时此刻，我从自己家里的书桌上抬起头来，可以看见天空。今天的天空是一种深蓝色，被一层薄薄的白色稀释了一些，仿佛是这种强烈的色彩自愿选择变得柔和、平静。我能看见邻居的旗杆，还有拴在上面的绳子，一动不动的。你怎么知道我的邻居有旗杆呢？我对你提起过吗？我觉得这是很典型的丹麦特色。比窗户和天空离我更近的是那块异形木头、那片陶器，以及有酒窝的蓝色玻璃瓶（我知道你并不打算纠正我的语法，但要是我用了一个错误的单词，你可一定要告诉我）。照进窗户的光线点亮了这些物品的顶端，把靠近我的那一面置于阴影之中，这些影子的形状融入白色的家具。只要坐在这里，看着这些东西，给你写信，我就不会感觉到绝望或者无助。

对于你的保证，我刻意留到最后来说。我不愿意你为了安慰我的失去而来到这里，尽管我若真的遭遇了失去，你的到来是我唯一能够想到的安慰，但我还是不愿意。我希望你是在自己有所需要的时候到来，而并不是因为我需要你。我并不知道那会是什么时候，我也不知道那将会是什么原因，但我会等待的。

你亲爱的

安德斯

贝里圣埃德蒙兹

11月12日

亲爱的安德斯：

看到卡琳一切都好，我很开心。虽然看不到天空、装饰品和旗杆（你在之前的信里确实和我提起过），但是这个消息就足够让我打起精神来。此刻我也正望着天空，是灰色的，偶尔有一只乌鸦掠过，不过更经常的情形是有很多苍蝇飞过去，但是看起来它们对这件事其实并没有什么责任，它们更像是被风吹起并带过来的一捆羽毛。我也同样很兴奋，因为你的书。

我的人生一点戏剧性也没有。如今玛丽和瓦西里也离开了，我们全都慢慢回到了往日的轨迹当中，唯一不同的就是站在梯子上检修房檐上的排水槽的是格雷戈尔，而不是瓦西里；在办公室里的是达芙妮，而不是玛丽。我比平常待在办公室里的时间要多，和达芙妮一起。其中一部分原因是这里是最暖和的地方。办公室里有两个燃气加热器，达芙妮整天都把它们开到最大功率。燃气罐用光了，又得去订更多燃气，我想表达抗议。玛丽对加热器就没这么挥霍，并且会尽可能让每个加热器各用一罐燃气就熬过了整个冬天。但达芙妮又不是什么被驯服的野兽，我看不出有什么必要吝啬于给她温暖。我注意到爱德华比平时来办公室的次数要多。他也和别人一样愿意让自己暖和起来，所以需要更多燃气的时候我得提醒他才行。

我之所以花时间在办公室待着，是为了确保达芙妮的工作能准确完成。我在计算方面算不上行家，但到底还懂得农事——其中的借记和余额——我也同样能发现她犯的错，在我看来，都是因为她根本没把心思放在自己的工作上才会出错。如果我持续将这些错误给她指出来，那么我希望她要么能更自觉地注意到这些错误，要么就更努力一些避免出错，或者两者皆有。尽管她也很有可能是因为我在办公室所以才犯更多错误。我的意思是说，因为我在，她就有了说话对象，聊天是她最大的爱好。这对我来说很困难，因为我只在有话题想聊的时候才会享受聊天，并且聊天对象还得是某个我很感兴趣的人。比方说，一直以来我都在同你聊天，虽然只是“纸上谈兵”，但我敢肯定，如果我们面对面，一定会发现聊音乐、诗歌、快乐和悲伤都会和在纸上聊一样简单。我不知道如何参与达芙妮的聊天，而且，我也并不想参与。

达芙妮最热衷的话题就是他人的短处。她都是面带微笑、用一种很幽默的方式去调侃，爆发出一阵大笑，同时说一些表达饶有兴味和不可思议的句子。比如：“说实话，你能相信……”或者“你永远都不会相信……”所以我反应了一会儿才明白过来她是在说别人的坏话。当她说完打算跟我说的话之后，就会以一个表达好的希望或者宽容的句子来结尾，比如：“那种生活，我想……”或者“好吧，她自己也没办法”。而后她会再次大笑，仿佛即便这个世界令她沮丧，她还是被它逗得乐不可支。

今天早上她跟我说起她妈妈护理的病人用一卷厨房用纸擦拭盘子，而不是用茶巾。（“我的意思是，厨房用纸啊！”）那个女人说她觉得用纸巾来做清洁然后扔掉比用一块脏兮兮的抹布传播细菌要强。（“我问你，她认为洗衣机都是用来干什么的？”）在这样的故事里，这个病人是个取之不尽的对象，还有她的妈妈，她的妈妈——你能相信吗？——有一天开口要了什么东西，但是紧接着就忘了自己为什么要。她随时都准备好抛出有关任何人的趣闻逸事或者搞笑的观点，和我聊什么劳娜、玛格丽特和朱迪，而我压根儿就不知道这些人是谁。我只知道她们总是在说或者在做一些达芙妮永远也不可能会说、会做的事情，你能相信吗？

聚会上我在达芙妮身边坐过几次，那时她的丈夫还活着，同我们坐在一起的还有其他女人——她们很可能就是劳娜、玛格丽特和朱迪——她们对于达芙妮说的事情总是报以合适的反应，要么是哄堂大笑，要么就是带着风趣的宽容，而后再插入一些她们自己身边的例子。我从来都做不了这种事情。我可以告诉她我的态度，比如，我能看出那个病人有自己的考虑，拿厨房用纸来擦干盘子是个挺明智的点子；而她的妈妈呢，已经将近九十岁了，头脑糊涂一点也是理所应当的。有时候我真的会这样做，然后她就会用一种我完全没理解其中笑点的表情看着我，所以每当她这样做时，大部分时候我都选择微笑，就让她认为我是赞同她的。我没有能力面对矛盾，这是我的困扰。

当然，现在我意识到了，我的做法正是我自己一直批评的那种做法。我事无巨细地抱怨了达芙妮·特莱格的讨厌之处——那就是她缺乏设身处地理解他人缺点的包容力，还有除了谈论别人的短处之外她根本找不出其他话题。所以，我自己在这封信里又做了什么呢？我为自己感到羞耻，但同样也露出了笑容。

随着冬季越来越深入，我也越来越习惯寒冷，达芙妮也将越来越习惯那些账本，我可以不再到办公室去，而是回到那些填满我日常生活的琐事中去：照料母鸡、做清洁、遛狗，无论何时何地，只要有人需要帮助我就会伸出手去。这对我心灵和头脑的安宁都有好处，包括我的个性。我打算尽快去看看玛丽和瓦西里，我很期待去拜访他们的这趟旅行，还有去观望那些山，当然还可以有一些不那么平淡无奇的话题和你讨论。

你亲爱的

蒂娜

锡尔克堡

11月20日

亲爱的蒂娜:

我需要你一直告诉我你在做什么、想什么。和一个自身之外的活人进行交谈对我来说已经变得越来越重要了,因为此时此刻我觉得这种一个人的生活仿佛将我困住了。

我记得你在最开始的信里和我说,你的人生是被埋葬的人生。我觉得现如今,我的生活也未尝不是。我在努力为要写的书工作,当我围绕从泥土深处挖掘出来的造像寻觅种种事实时,我也深深把自己埋进了它们的那种形式和意义当中。其中最主要的意义是关于子宫和分娩,而我专注地盯着电脑屏幕时,其实无时无刻不在等待电话响起。在我工作的这个空间里,我的身体状态始终很冷静,没有什么可震惊的,只有揭开真相的耐心,以及将一个真相与另一个真相连接起来的工作。而在工作占据的空间之外,则全部是分娩的不确定性。我在电脑屏幕上看到的人像,博物馆里需要处理的事物,都是硬邦邦的,而卡琳,在我脑海的想象当中则是柔软的,可是柔软却不如坚硬更能抵挡损害。我发现自己在工作的时候没有办法把这些念头从脑袋中驱逐出去。

最早的生育女神形象顶多只能算是个直立的形状，没有胸部、没有丰满的臀部，也没有大肚腩。唯一能够确认它们代表的是女人的形象，就是通过喉咙处雕刻的项链。这也是让我困惑的地方。我不知道是该为这种质朴而感到欣慰，还是该因这种简陋而生气。

你看，我需要你的来信帮我从这个世界里寻找意义。

同时我也在考虑成为外公这个问题，因此想起了我自己的爷爷，就是我爸爸的爸爸，怎么说呢——我不认识我妈妈的爸爸。在我心里他就是所有爷爷的象征，就像代表着所有女性的这个神明形象。他和我将要成为的外公形象相去甚远，就像我此时此刻在屏幕上看到的形象也和卡琳相去甚远。他是个冷淡而严厉的人（我查过这些词了，希望你喜欢这些词），基于对他本人的了解，以及别人跟我讲的他的故事，我特别尊敬他。

我的爷爷在战争期间是个农民。你肯定知道丹麦参与了“二战”，起初政府为了保持中立，配合了德国，这就意味着几乎所有农作物都要被运送到德国去，喂饱德国人，但那时候丹麦的生活极其艰难。我相信我们绝不是那么容易服从的人，抵抗和破坏活动从一开始就存在。我并不知道我的爷爷有没有参与，他从来没有提起过战争。

1943年，事情发生了变化，抵抗活动和德国人的控制都愈演愈烈。这一次他们发布了命令，要围捕所有的犹太人，把他们驱逐到集中营。在这件事发生前，几乎所有犹太人都从自己家里逃跑了，在抵抗人士和普通丹麦人的帮助下撤离到了瑞典。我爷爷的农场靠近海岸，他参与了这次撤离。犹太家庭在海边等待船只到来，然后被带往安全区域，在船来之前，爷爷帮助他们隐蔽。一天晚上，一些德国人出现在农场上，他们此前一直在沿海地区巡逻，现在没有足够的燃料支持他们回到基地。当时房子里有一户犹太家庭，妈妈、爸爸，还有一个三岁左右的孩子。我的爷爷到外面去见了那些德国人，把他们领去了仓库，那里存放着供拖拉机用的燃料。我爸爸当时只有十几岁，和他们一起去了。可是那个犹太小男孩并不明白这种危险，从他妈妈身边跑开了，追在他们身后，最后跑进了仓库，那里有四个男人正忙着折腾油桶——两个德国人、我的爸爸和爷爷。

说时迟那时快，我爷爷抱起了那个小男孩，开始同他做游戏，挠他的痒痒，把他高高举过自己的头顶，让他哈哈大笑，让他不会说出任何泄露身份的话来。

“这是你儿子吗？”其中一个德国人问道。我爷爷说不是，是他兄弟的孩子，他们现在一起住，因为这孩子的爸爸作为志愿旅的一分子为德国人打仗的时候被杀死了，就是丹麦自由军团（我的爷爷和他的家人当然是很鄙视这个军团的）。其间小男孩一直想打断他说话，与此同时我爸爸则往一个容器里装满了燃料，给德国人的汽车用。他们离开的时候给了他钱作为小费，是我猜的，并且说他是个很不错的年轻人。那个犹太小男孩作为站在他们那一边为他们作战的某人的儿子，他们也给了他一枚硬币。这个故事后来是被家里的其他人讲出来的，我爷爷自己从来没有提过。德国人走后，爷爷带着孩子回到屋里，拿起德国人到来时他正在吃的面包，就好像什么事都没有发生过。

在我还是小孩子的时候，我常常假装自己是那个和爷爷一起玩的小孩，在我心里爷爷的形象是那么冷静、那么内敛、那么伟岸，所以他能这样和我玩简直是奇迹。后来我的爸爸年纪越来越大，越来越严厉，就又会说起这个故事，抱怨他当时所感觉到的恐惧，还有比起自己的妻儿，爷爷对逃亡家庭的安全与否考虑得更多。爷爷最差劲的就是仅有一次展露了童心，却是对着一个陌生的孩子。爸爸会说爷爷有多不公平，因为他从来不跟自己的孩子一起玩。

我无法想象卡琳的孩子在我当时的年纪，也会听到类似这样和我有关的故事。不过，我会努力去做一个值得被她记住的人。我说得就好像很确定卡琳会生个女儿，并且能活到我这个岁数，不过我一直都在等着电话铃响起。

尽快回信。

你亲爱的
安德斯

贝里圣埃德蒙兹

12月7日

我亲爱的安德斯：

“冷淡”和“严厉”是不错的词汇，我很喜欢，它们完全不适用于我自己的祖父母。我印象最深刻的是我妈妈的妈妈，我们都叫她姥姥。她是个菜农。她的丈夫，我已经没有印象了，是个菜商——他种植蔬菜，或是供应给当地的商店，或是在市场里自己的货摊上售卖。她就和他一起种菜，种植可以吃的食物，但同时还围着自己在诺福克的房子打理出一圈花园，这可真是个奇迹。这个花园似乎并不在计划内，而且她也从来不知道植物的学名，也从不在意它们属于什么植物种类。这些东西对她来说统统不重要。她能辨认出自己种的植物，她也给这些植物起名字，我觉得都是她自己想让它们叫什么就是什么，而不是那种可以让别人知道这些植物到底是什么的标签。她想让植物长在哪里就种在哪里，于是它们就在那里长大了。要么就是碰巧哪里有块空地，她就种在那里，然后那些植物仍然茁壮成长。我记得最清楚的就是她的双手。我们去姥姥家的时候，妈妈不希望我们吃姥姥准备的任何食物，因为那双手上的每个缝隙里都根深蒂固地沾着泥土，所以看上去永远都不太干净。她的手看起来就好像抓着东西——工具、杂草、水罐——好多好多年，已经形成了一种永久的抓东西的形态，指关节的背面有突起，指尖磨得很厉害。她总是看着离自己最近的东西，在她的脚下、在她的小铲子下，或者看向远处，哪里玫瑰开了，或者樱桃树结果了，就是从不看任何人的脸。

关于她也同样有个战争时期的故事，家里人会经常讲起。战争从来没有殃及她身边——虽然在东英吉利亚也有被当作目标的空军基地，但是没有一个基地靠近她居住的地方。但这个地区还是失去了十二个年轻人，如今他们的名字都被镌刻在村子里的战争纪念碑上。每次一有死亡的消息传来，她就会种点什么来缅怀那个年轻人，无论她认不认识那个人。她会在战争纪念碑旁边挖一个洞，当时那个纪念碑上还只有第一次世界大战的牺牲者，她会在洞里种下自己选的植物，然后用一根棍子给这地方做标记，写上死者的名字。尽管她并没有权利在那个地方种东西，但她没去问任何人自己可不可以做这件事，也没有对家人提这件事，但不知怎的所有人都知道了，而且没人介意。随着时间的推移，有些植物长得太大了，已经无法满足于她种下它们的方寸之地，所以这些植物就被移去附近的其他地方，每株植物仍旧带着她种下时所纪念的那个人的名字。或者呢，如果植物本身已经长得太大没办法挪动，它们的剪枝就会被带走。有些植物并没有存活很久，还有那些从原本的植物上剪下来移植的枝条，如果有必要的话，就会用同种类的新植物来代替。在过去这么多年里，这里的居民也会从这些植物上剪下枝条，所以纪念碑周围的那些植物在附近村民的花园里随处可见。那些年轻人的姐妹们，还有堂兄表亲，都会在自己结婚的时候放上几片灌木叶子到花束里，来纪念他们的亲友。这里有叫萝丝、萝丝玛丽和拉瑞尔的姑娘在纪念着七十年前死去的男人们。

我把我对植物和花园的爱归功于我的姥姥，但或许她就是我最原始的灵感源泉，因为她我才不断思索过去，这些思绪同时也连接着现在，这就是为什么我写了这样一封信，更重要的是，期待着你的下一封信。

现在该说说你的书了。用一根棍子就能代表女人，没有削出一个有头有胸、有胳膊有腿的样子来，这种敷衍的方式令我震惊。我喜欢雕刻工艺当中的精巧，雕刻品在那里，就像是一种启迪，但是拿着它或者赋予它形象的男人女人肯定是注入了自己的意义，恐怕是难以言喻的。它是个女性，不管是谁用任何方式来看、来摸都能明白女性气质到底是什么，它就是这样一种女性形象。所以，如果我要和一个邻居聊一聊作为英国人意味着什么，结果可能也是这样含糊。我知道那种感觉，但要让我清楚地表达出来却很难，要是我能用语言来表达的话，我的感觉肯定和我的邻居不同（但又不是完全不同）。我们可以同时握着象征英国风格的棍子，在触及它的时候想：啊，是的，没错，就是这样的。我们脑海中无从表达的感受就会重叠，然后分道扬镳。所以对你来说，明白身为丹麦人是一种怎样的感受肯定也是如此。后来的造像，有胸、有屁股、有肚子，像是一个粗略的符号，是作为生育象征的正式的女人，但是在它们还不成熟的时候却反而比现在所代表的更多。它们变得华丽，却不再完整，那些缺口等着去看、去触摸的人去填补。我很嫉妒你有机会能看到而且触摸到这些东西，并能从中描画出自己的意义来。我能想象出这些形象被人们拿在手中，任凭思绪天马行空。

我在这里对生育女神说三道四，就好像我对这个主题略知一二，但其实我什么也不懂。我只懂得格鲁伯教授写过的那些，还有他在书里展示的图片。但我就是抑制不住地为你即将发现的、即将记录的，还有即将编纂成名录的一切感到兴奋，你能够将一种形象和另一种形象联系起来，同时也在这种形象及其所属的部落之间建立起联系。

圣诞节已经临近（原谅我打岔，这毕竟是事实），我得为当地的肉店和农场的就地销售准备火鸡还有鹅，所以每年的这个时候都是我最忙的时候。如果我没有往餐桌上端食物，那我肯定就是在家禽舍里，通常都要到夜里很晚的时候，对家禽的拔毛和内脏清理才能接近尾声，而且白天杀掉的家禽在拔毛的时候身体必须是暖的。

在做这些的时候我想到的是你，一盏昏暗的灯光照亮你正在做笔记的便签本，面前的屏幕上显示着文字和图片，我看见你的手敲击键盘或者提起钢笔，我想象着你把一本书拉到光晕下来查阅史实或者其他资料，在你迄今为止发现的东西上再添加一两处细节。而后我再盯着自己的双手，因为寒冷和火鸡内脏而变得通红，这些死掉的家禽（或者说为餐桌准备的食物，取决于我是将其视作一个小时之前的那个东西，还是从现在起一个小时之后它会成为的东西）被棚子里的弧光灯照亮。

恐怕你正期待我哀怨生活是怎样把我带到了这个充斥着羽毛的晦暗棚子里，同时却把你送到了安静而温暖的研究里。然而事实上，我对这两种情形的感觉要更复杂一些。我从来不介意处理这些鸡和鹅。每只家禽都代表着一份独立的工作，而处理完每一只都代表着一项任务的圆满结束。

准备圣诞节的家禽是全家的大事，别人玩大富翁或者猜字游戏，我们呢，宰杀、拔毛，把家禽的内脏掏出来。我们喝汤、吃三明治，还有咖啡和蛋糕，一样接一样。我们会把收音机调到放圣诞颂歌的频道。我们所获得的是一种共同的成就感，要强过独自取得巨大成就的感觉：并不是因为我这么做了，并且做得很好才这么说，而是因为我冒着极大的风险胜任了自己的位置，做好了我在整个生产过程中的本职工作。当然，除此之外，我还是抑制不住地去想象自己会有多享受在寂静中独自寻找真相，再围绕这些真相创造故事的工作。或许有一天我会坐在桌前，过滤我面前的信息、规划、创作，而不是拔毛和掏内脏。就像那些山脉和错过的覆盆子，我期待着那一天将会在何时实现。与此同时，我也很乐意看到你的人生是这样，通过你我可以想象你正代表我在过着另一种生活。

如我所说，圣诞节是忙碌的。等一切结束之后我要去因弗内斯，那时候该吃的都吃完了，该喝的也喝完了，还有那些刚挂起来时显得生气勃勃、喜气洋洋的装饰物也都残缺不全要被清理出户。或许波吉特宝宝会在我离开的时候出生，这样我们就会有两封愉快的信。我的是关于旅行。你的是关于降生。

满怀爱意的

蒂娜

哥本哈根

12月14日

我亲爱的朋友：

要是我的英文在这封信里不够好，希望你能见谅。我实在是太累了，但是在去睡觉之前，我还是要给你写信。如果不同你聊一聊，我已经越来越无法完全明白自己了。

前天晚上，我正在吃晚饭，如我所担心的那样，电话铃响了。是卡琳的朋友，名叫耶斯佩尔，他的妻子是索菲亚。我想我之前应该没有和他们说过话。卡琳跟我说过，在她生孩子的时候索菲亚会陪在她身边。所以，当他在电话里说“我是耶斯佩尔”时，我想应该是孩子出生了。但还得两周才到预产期。不过这也不算很严重，我心想。但是耶斯佩尔却说，孩子并没有出生，而且问题很严重。卡琳进了医院，医生们已经尽了全力，但耶斯佩尔不清楚到底是什么问题，也不知道究竟有多严重。索菲亚和卡琳在一起，耶斯佩尔说。

我当即就离开了家，坐进车里，朝哥本哈根开去。从锡尔克堡开车到哥本哈根要三个半小时。夜色浓重，挡风玻璃前什么也看不见，路旁偶尔掠过星星点点的灯光，还有迎面打过来的车灯。但大部分时候，眼前只是一片漆黑。整段路程中我都是在寂静之中开车，只停了一次去买咖啡、加油。我没办法听广播，如果卡琳将离我而去，那广播里的节目还有什么意义？在停车的地方，我也完全没办法去看任何人，如果我将失去我的女儿，凭什么他们有权利活着？在那几个小时当中，唯一将我阻隔在绝望之外的，就是如果她离我而去，你就会来。我不会独自一人承担悲痛。

等我到达医院时，没有地方停车，也没办法找到卡琳在哪栋楼里的哪个地方，更没有办法在那个区域找到她所在的房间。最终，我找到了耶斯佩尔。他蜷缩在等候区的椅子上。他个头儿很高，也很瘦，看到我的时候他立刻站了起来，等站稳之后才开口对我说话。他用了好半天才把自己想说的表达清楚，最后他终于把关键词说给了我——卡琳、索菲亚——她们在手术室，而他在等什么人——索菲亚、护士、医生——出来告诉他到底发生了什么。

于是我们便一起等待。耶斯佩尔不是那种健谈的人，我也一样。所以，我们就只是等待，大部分时候都是沉默的。在任何从一旁经过的人看来，我们的脸色甚至称得上平静。我带了公文包一起来。回家的时候我把包落在车里了，等到了医院的时候它仍旧在车里，所以我就把它拿起来带上了。我也不知道为什么。在等待的时候，我拿出了母雉翅膀上的那根羽毛，一只手举着，另一只手抚摩着。除了强韧之外，它一点也不像我正在撰写的生育女神的形象。但它同时也很柔软，就像女性一样，而那些形象却不是。我拿出了你的信，又读了一遍，从你对象征的思考开始，一直读到家禽的棚舍。我满脑子都是拔了毛的家禽尸体，就在这一刻，就在这条走廊上，我身后那扇门里可能发生的可怕的事情开始超过我身体的承受能力。索菲亚从一扇门里走了出来，朝我们走来。

索菲亚是个非常漂亮的女孩，一头鬈发，戴着某种海洋生物造型的耳环（我手边没有词典，所以没有办法说出它们的名字，在丹麦语中是søhest[1]）。在她朝我们走来时，我没有办法去看她的脸，因为要是坏消息的话，我一下子就能看出来，可如果我一直等到她走到跟前亲口告诉我们，我就可以假装她永远也不会走到我们跟前，而我也永远不必知道那个坏消息。所以，我就一直盯着她左耳上挂着的银耳坠。最终，她还是走到了我们跟前，她说"Alter i orden[2]"，意思是一切都好。

索菲亚和耶斯佩尔都朝我走过来，拥抱了我，也拥抱了彼此，我们三个都哭了。

过了一会儿我去看卡琳，她脸色苍白——很苍白，而且很虚弱。但是她却冲我微笑，让我去看看宝宝。宝宝在一个为还没做好准备就跳进这个世界的婴儿专门准备的地方。如果不是卡琳要求，我恐怕是不会去看宝宝的，因为家禽死尸的画面仍然盘桓在我的脑海里。但我还是去了，是一个护士带着我同我的外孙女见了第一面，她正躺着睡觉呢，是由胳膊、腿、手指和脚趾拼起来的小东西。我当然还记得第一次看到埃里克时的情形，我是如何在一瞬间就知道自己会站在他和任何可能伤害他的东西之间呢？我几乎立刻就知道，他对我来说怎么可能不是最珍贵的呢？

---

1 丹麦语"海马"的意思。
2 丹麦语。

护士告诉我小波吉特没有生命危险，之所以放在这里是为了让卡琳休息。

“我还以为我会失去她们两个。”我对她说。

“啊，你知道的，”她说，“分娩是很平常的事情。”

“我明白。”我说，“我的一个好朋友也这样对我说过，但是昨天晚上我没办法相信她的话。”

我又回到了卡琳的房间，和她一起待了一会儿，不过她已经睡着了，还有，也是那个护士说的，没有生命危险。所以，我就来到了她的公寓，然后在入睡前尝试写下所有这些给你。当我走进洗手间，看着镜子，我没有认出镜子里的那个人就是早晨的自己。我没刮胡子——没有带刮胡刀——我的脸看上去像别人的脸，就像我爸爸的，他是个坏脾气，并且很消沉的人。年纪大了以后，他严重酗酒，丝毫不关心自己，也不关心身边的人。然而奇怪的是，当我感觉到镜子里那张脸可能是他的脸在看着我时，我却感觉到了满满的爱与快乐。我想，要是我闭上眼睛，用一顶皮帽子遮住脸，那我看上去可能会很像托兰人，就跟像我爸爸一样。可要是我闭上了眼睛，我就永远不可能知道究竟像不像了。

我现在是在胡言乱语，我得睡觉了。谢谢你让我同你分享这一切。

圣诞快乐！

你亲爱的朋友
安德斯

贝里圣埃德蒙兹

12月18日

我亲爱的安德斯：

我很快就写回信了，这是一封短信，写于圣诞节的混乱之中。很抱歉，我在你的脑海中填满了死去家禽的画面，而填满我的则是为你和卡琳感到的喜悦。

无论何时，只要是亲近的人生了孩子，我就会做编织，完成小婴儿所需尺寸的编织只需要几个晚上。我没有办法为你的外孙女做编织，因为太过普通，而且也太私密。所以，我要寄一首诗给你。这首诗来自凯特·克兰奇写的《新生》一书。这是乐施会商店里的志愿者为我保留下的书之一。（她的名字是劳拉，既然已经在我们的通信中介绍过她，如果还不知道她叫什么名字，那就显得有些失礼了。她很高兴我问了她的名字。她同样也不知道我的名字，这对我们两个人来说都很好笑，因为我们已经彼此交换过那么多的感受和想法。）关于一个新生儿来到这个世界上，我选的这首诗说出了我想对你说却不知道该怎样说的话。

【诗篇】

我能说什么?

就像日本人的把戏
你可以用两便士买到
那些密密麻麻的葵花子
它们在水中舒展
而后开出红色的、
轻薄的花朵，海藻般，叫人害怕
又或者是那些玻璃纸般的鱼
在你手心里颤动
因为“躁动”或者“求生欲”，就像
混乱不堪的沙
一只竹蛏突然出击
当它将自己往下沉
回到湿盐之中，而你想
一个贝类生物怎么能
这么迅疾、这么害怕，就像
所有的事物开始萌芽、跌宕
突然间，柳絮、渔网、
主帆、被单，就像
卷轴上狂热的纱络
当鲑鱼上钩

像一个降落伞意外地、
完整地，绽放成
骨骼的形状，猛地将你
一把拉起，以那种熟悉的断裂

这是一个人的打开，
这带来了一个全新的人。

当然了，这比一顶编织帽或者手套要更私密，但却是另一种意义上的私密。编织物在说："我想我对你的喜好了如指掌，所以知道你希望自己的宝宝穿上这个。"而诗歌说的是："我想我足够了解你，知道你明白我的感受。"

下周我就要去因弗内斯了。我会从那里给你写信。如果卡琳想要什么编织物，你一定要告诉我。

满怀爱意的
蒂娜

哥本哈根

12月20日

亲爱的蒂娜：

我也很快就写了回信，想为这首诗对你说谢谢，卡琳也说谢谢你。我仔仔细细地读了诗，读得很慢，而且不太肯定自己是不是读懂了。卡琳比我看得更明白，还让一个朋友帮她去找了这本书。她还说，如果你想为宝宝编织些什么东西，只要不是浅粉色的，她都会非常荣幸地接受。

我们全部聚在卡琳的公寓里——卡琳、波吉特、埃里克，还有我自己。公寓里很温暖，因为各种各样的婴儿用品显得满满当当。一个摇篮、好多箱纸尿裤、一个婴儿浴盆、各种披肩、各种嘎嘎作响的儿童玩具等。其中大部分东西都比宝宝本身还要大。她仍旧很小，所占空间也极少，但是所有那些东西和我们这三个大人却把屋子给填满了。

我看着波吉特，不敢相信这么脆弱的小东西竟然能够幸存下来，但是她做到的还不仅仅是幸存，她是在自己力所能及的范围内成长、进步。（卡琳刚刚越过我的肩膀看我在写什么，然后告诉我这就是那首诗在说的东西。我会再读一读那首诗。）

我们——埃里克和我，明天就要离开了，我认为没有问题，这会给卡琳和她的宝宝腾出地方找到一条共同生活的道路。我会从锡尔克堡再给你写信。

你亲爱的

安德斯

因弗内斯

1月8日

我亲爱的安德斯：

现在我们安全驶入了新的一年。我们的家庭都完好无损，没有什么需要去满怀恐惧或者希望地等待。就让我们期盼这一年不会带来悲伤吧。这是不是个很合适的新年愿望，你觉得呢？或者说，我根本什么也没有期待，只是想毫无痛苦地活下去，那这值得期待吗？我并不想以这种方式作为这封信的开头，我不知道这些想法是打哪儿冒出来的，可是只要一坐下来给你写信，我所有保持头脑清醒的弦就同时松懈了，潜意识就这么溜了出来。我会找回自我，轻快一些。

现在，我在因弗内斯了。我是坐火车来的。坐火车本身就很有意思。火车和车站的顺序是：

1. 从贝里圣埃德蒙兹到彼得伯勒。

2. 从彼得伯勒到约克郡。

3. 从约克郡到因弗内斯。

我之所以把这些细节放进来是因为我相信你肯定会喜欢这些，因为你喜欢，所以我也喜欢。第一趟火车人满为患，我提前订了座位，但是我上车的时候位子上已经坐了个年轻男子，他睡着了，我并不想叫醒他。所以，我已经做好了站到下一站的准备，但是很快一个女孩就站了起来，把她的座位让给了我。我很少搭公共交通出门，所以我很震惊地发现自己已经越过了某一条线，这条线将那些足够年轻应该站着的人和那些拥有年轻人的尊重必须得坐着的人区分开。我差一点就拒绝了，但是很快反应过来，这样做不是会让我看起来像个老怪物，就是会剥夺她做正确事情的满足感。所以，我面带微笑地接受了。她回给我一个微笑，她的笑容赏心悦目。

旅行刚开始的时候，我确实坐立不安，这种感觉持续了差不多一个小时，我试着把外套脱下来，因为实在太热了，还费劲地拧开保温瓶的盖子，因为太久不用所以有些生锈。坐在我旁边用笔记本电脑的人让我看不惯，带着这种情绪整个人就不太舒服，真希望我是一直站着就好了。但要是那样的话，我就会错过那个女孩可爱的笑容。

到了彼得伯勒，我不得不抓上所有行李匆匆忙忙跑到另一个站台去赶开往约克郡的火车。这一次我坐上了自己预订的座位。在坐下之前我把该整理的都整理好，于是就开始享受这段旅途了。我希望火车开得稍慢一些，这样我就能有更多时间来畅想沿途房屋里生活的人、在站台上等待的人、遛狗的人、给植物整枝的人。在透过车窗观察这一切的同时，我也在倾听车厢里乘客的声音。随着火车离约克郡越来越近，乘客里操着约克郡口音的人也越来越多，我很喜欢听人们讲我不常碰到的那种口音，明明是一样的单词，却是一种全新的发音，听起来比我平时常听的口音更热情、更有趣，也更积极。总而言之，这一路我很开心，连午饭都忘了吃。

约克郡车站非常漂亮，可我又得匆匆忙忙地去赶开往因弗内斯的火车。这一次我的座位是在桌子旁边，有两个人坐在我对面，还有一个坐在我旁边。我坐了下来，吃了三明治。由于窗外除了乡村风光外别无他物——而我又太习惯于乡村风光，所以激动不起来——我便开始为波吉特宝宝做编织。从约克郡到因弗内斯要六个小时，还是不足以完成编织，不过我会在寄下封信的时候寄过去。那是一只小熊，我是用桂花针组来织的，小熊穿的蓝色套衫是隔行正反针织。我说的这些对你来说可能是一头雾水，不过桂花针组比较硌手，隔行正反的针织很平滑，对小宝宝来说是两种截然不同的手感，比只用一种针法织起来更有意思。

我旁边坐的是个男人，对面是个女人，她旁边则坐着个男人。他们全都在看我编织。我现在就是个平凡无奇的老太太，是一个吃着牛肉三明治啃着苹果的普通女人，我明白自己在别人眼中近乎隐形，所以别人如果看我，我会注意到。毕竟他们有其他东西可以看、可以研究，如果我在下一站就下车，等火车驶离车站时，他们压根儿回想不起来我身上的任何特征。然而当我开始编织，他们便注意到了我的存在。我织了几行，而后抬起头看了看，碰上了对面那个女人的目光。

“你在织什么？”她问道。

“泰迪熊，给朋友的第一个外孙女。”我说。

“我的祖母给我织了一条很漂亮的裙子，是费尔岛那种杂色图案的样式。”她说，“那会儿我只有五岁，但是那条裙子我记得很清楚。我有了孩子的时候也试着去学过，但是完全不得要领。”

“我会编织。”坐在我旁边的男人说，“不是费尔岛花纹或者什么复杂的样式，不过确实会。”

于是我们就聊起了编织。坐在对面的男人说他家里没有人做过编织，说起这个的时候他显得特别沮丧，相比之下坐在我旁边的男人显然很骄傲自己织过两条披肩，而他的姐妹们则没能克服困难，织不出正方形来。对面的女人也是倒在了同样的地方，好不容易织完正方形，结果却发现是个菱形，于是就放弃了。会编织的那个男人承认他起了个头想织一双手套，但是一直没有完成。他很肯定他妈妈会一直保存着那东西，等下次见到她的时候他打算问问看，或许能再捡起来，这一次一定要做完。那个女人有一个做编织的朋友，觉得她应该再做最后一次努力，同她好好学一下。而那个从来没做过编织的男人则想起自己的妻子有个朋友，她曾经织过一件套头衫，用的是一种叫绠带饰的针织技术，他的理解就是织起来非常复杂。而后他们便都看向了我。“非常复杂。”我说。

他们开始对我的编织细节产生兴趣。我就给他们解释针法和造型的方法（与其说这个熊是织成一个圆形，不如说是缝起来的）、毛线的种类、花纹。花纹真的相当迷人，因为他们搞不懂我是怎么将纸上那些毫无规律可循的数字还有字母转换成一组操作方法的。就像是读谱，我说。我不会读谱，要是可以，我只能演奏一种乐器。我也不会任何乐器，但要是我会，那我只能一眼看明白纸上的音符是让我用怎样的曲调来演奏一个作品。

随后对面的女人开始说起给自己织了那条永远无法忘怀的费尔岛样式裙子的祖母，说起自己是多么思念她。巧的是，那个从来没有做过编织的男人刚刚失去了自己的祖母，她是那种不容易被人喜欢的人，但意外的是，他发现自己竟然很想念她。他实在是太习惯她的存在，每次他们见面的时候，她都看不惯他的穿着、他的朋友、他的工作、他谈论的话题，对此他从来没有多想过。而现在，他发现自己在这些事情上变得越来越挑剔，就好像之前他自己从不为此费心都是因为她在替他操心。而做过编织的那个男人，他的祖母曾在第二次世界大战期间负责将战斗机从工厂开到空军基地。

等到“祖母”的话题聊完后，那个女人便问我这个玩具将要属于哪个宝宝。“我还没有见过她，”我说，“她住在丹麦。”我从来没有去过丹麦。只有那个从未做过编织的男人去过丹麦，并且在那里待了一整年。他对丹麦的了解弥补了对编织的了解的不足，至少我希望他是这么想的。

另外两个都没去过丹麦的人纷纷觉得自己应该去。车到爱丁堡的时候，他们都很确信自己一定会去，很快就会去。他们都在爱丁堡下车了。听到他们如此轻松地谈论旅行计划，我一开始给格鲁伯教授写信的那种挫败感又被勾起来了——从来没有去过锡尔克堡。尽管我比坐在对面的那个女人还要年轻二十岁的时候就有去的想法，却始终没去。我忽然意识到，给你写信已经变成了我没有去看托兰人却看到了托兰人的方式。或许我是害怕去那里，一直诚惶诚恐，而现在则更害怕了。

过了爱丁堡之后天就黑了，火车不断地停靠在那些忽然冒出来的地方，在黑夜中亮着灯，这些地方随即又消失在我们身后。我继续编织，感觉困倦了就那么呆坐着，什么也不做，什么也不想，直到火车抵达因弗内斯，那里有我可爱的玛丽，在嘈杂之中它是一根令人稍稍安心的支柱。

我一直等到现在，等到天亮，这才看见了山。你是对的，偶尔看一看山很重要。我想记住的东西太多了，不可能一一记下，通往心爱之人的旅途也是如此。你是对的。我终于做了以前从未做过的事情来开始这一年。或许这才应该是我的新年愿望，那就是我应当继续去做以前从没做过的事情。

我会很快再给你写信的，把小熊也一起寄过去。

满怀爱意的

蒂娜

锡尔克堡

1月9日

亲爱的蒂娜:

读你的信时，我渐渐觉得能听见你的声音了。我甚至相信自己能看见你的面庞。而且，无论你说还是不说，我都能明白你的想法和感受，就像对近在眼前、就坐在我身边的人那样。我明白你在信里表达的感受。因为你并没有告诉我，所以我不知道是否有什么我可以做的事情或者可以说的话能够帮助你做决定。如果有，你一定要坦白告诉我。我知道这个新年我想要什么，绝不仅仅是无灾无难。至于我的新闻，全都是开心事。

埃里克接上了卡琳和宝宝，开车到我这里来过圣诞。真是太完美了。我们都没有说太多话，即便是埃里克这种话痨。我们坐在炉火边，轮流去抱小宝宝。埃里克和卡琳负责做饭，食物很丰盛，香气四溢。下午的时候，我们把宝宝裹得严严实实的，带着她去湖边散了步，就是我们送走了波吉特物品的那个湖。这一次——只有两夜一天——像是一杯足量、厚重、甜蜜的热饮，充满安慰，令人满意。

卡琳一到家就说她有话要告诉我们，这让我在其余时间里忧心忡忡。虽然我一直心神不宁，但还是没有提起这个话头。是好事还是坏事呢？她要告诉我们什么呢？我说不上来，也不愿让自己瞎琢磨。她的消息是关于本的——宝宝的爸爸。她之前没有告诉我他还一直给她发邮件，在怀孕期间她也一直在回复那些邮件，但并没有告诉他有关宝宝的事情。她告诉我，当她意识到她和宝宝可能遇到麻烦时，恍然开始思考自己不让本知道关于女儿的事情可能是错的。可当她在医院里恢复过来后，也就是生完孩子后，她又不那么确定了……而后她的朋友帮她找到了你提到的那本诗集，其中一首诗就是关于父亲的，讲的是爸爸把妈妈和宝宝从医院接回家。那是一首妈妈写给宝宝的诗，第一行是“我想让你知道”。正是这首诗说服了她，她给本发了邮件。她并不期待从他那里得到任何东西，她对他说，只是现在她觉得自己无权阻止本和波吉特知道彼此的存在。卡琳自己也说不准本会不会选择现在就认波吉特，也不知道等波吉特到了能够明确自己想法的年纪时会不会选择认本。卡琳唯一能确定的是，即便到了那一天，她也不会放弃对波吉特的责任，甚至都不会去分享那个责任。她对本说的所有的话就是（对他也是对我们），这个孩子是由她的卵子和他的精子生出来的。

他回复了，既没有任何抱怨，也没有表现出一点开心，却给出了一个飞行时间。他将在十二月二十七日早上抵达哥本哈根。卡琳告诉他自己会在机场见他。她的想法是带着宝宝一起去。爸爸和孩子的第一次见面并没有什么庆祝，只有一个怀抱婴儿的女人在一个人潮拥挤的公共场合，仅此而已。她的想法是，可以在那里做一个判断，判断下一步该怎么走——要不要邀请他去公寓呢，比方说——既然她已经完成了第一次会面，那么他可能会在哪里稍作停留，或者接下来要去哪里就变得很重要，而这些地方都得敞开大门才行。我们——埃里克和我，听着她解释所有这一切，我们说：“你的选择，你来决定。”而后我们都坐在了沙发上，看着壁炉里的火焰，火光映照在我挂在天花板上的白色木质地球仪上，上面的图案是用银色和金色的颜料绘制的。

当然了，当时间来到了十二月二十六日，这个埃里克、卡琳还有波吉特该回哥本哈根的日子，我满腹担忧。所以我问：“我应该和你们一起去吗？”“不用。”她说。所以，我只好全心全意等待第二天来自她的只言片语。于是第二天，她打来了电话，问我可不可以和本一起过来，和我一起过两个晚上。“好的，”我说，“当然没问题。”我什么也没问。我怀疑提问这个举动是不是对于那些热衷聊天的家庭来说要更容易一些。要是我一直以来都习惯用语言让我的孩子们知道我的想法和感受，对他们来说是不是一种更好的抚养方式，也可以更好地爱他们、支持他们，即便如今他们已经长大，完全可以自己支持自己。可惜我并没有那种习惯，好在，这也意味着我没有说任何在那种情形下不该说的话。

他们来了以后，我一下子就看出来了，如果当时在电话里多嘴，那很可能真的会说错话。他们两个人看上去都像是屏住了呼吸。本比卡琳要高、要壮，是很紧的那种——肯定有一个形容词，告诉我是什么词。他肤色黝黑，神情严肃。我原本期待的是一个更松弛的人，或许是因为——我可以向你坦诚——我仍旧震惊他和卡琳的处事方式，就是波吉特出现的那时候，虽然很不公平，但我肯定是责怪他的。但是他很质朴，有点踌躇不定，这也是我未曾料想到的，因为从卡琳独自陷入人群，被陌生人找麻烦的那个故事来看，我以为他应该是自信并且强势的人。

当我打开门来，是他抱着宝宝，这让我寄希望于一切进展顺利。

“我们不得不从哥本哈根逃出来，”卡琳亲吻我的时候说，“太多人了。”

他们在这里住了三天，头两天我见到他们的次数不太多。他们会出门散步，或者开车去别的地方，其他时候都在睡觉。卡琳住一间屋子，本在另一间，但是当孩子在夜间哭闹时，我听到了两组抱着她来来回回的脚步声。要是他们没有出门也没有在睡觉，我们就坐下来，看着宝宝，聊一些最日常的话题：本的工作和卡琳的工作、我正在写的书、锡尔克堡、本在澳大利亚长大的城市。当然，我们都是用英语交谈，所以我就自然而然想起了你因为火车上的口音而雀跃不已。我发现从本嘴巴里说出来的英语要比我平常在博物馆里听到的英语坚硬得多。

随着日子一天天过去，我发现了两件事。首先，本并没有那么严肃。他确实很羞怯，但是在一般情况下他笑得很多，也开玩笑，完全就是深信人生充满乐趣的那种人，这点我很喜欢。其次，他们两人在传递宝宝的时候，正慢慢地放松下来，彼此间的信任也慢慢建立了起来。

最后一个晚上，卡琳说：“本有三个姐姐，全是姐姐，他妈妈都已经有八个外孙了。”

“但是他们都没有波吉特可爱。”本说。

卡琳碰了碰他的手：“当然没有了，但是我爸爸之前说过，我们是否应该考虑你妈妈可能需要波吉特来让自己的人生圆满，而我就告诉他，并不需要。”

“这可真是个崇高的想法。”本说，“谢谢你想到了这个。”

晚些时候我对卡琳说：“我想是你该回哥本哈根的时候了。”

“明天。”她说。

于是他们就离开了，昨天她打来电话说本已经回澳大利亚了。在卡琳回去工作之前，她会去看他，然后他也会再来看她。他们给了彼此一年的时间来决定是否愿意生活在同一片大陆、同一个城市、同一幢公寓。如果到时候答案是肯定的，他们就会一起找两个人可以做的工作，同时决定要定居在哪个大陆、哪个城市。我希望答案是肯定的。我希望这片大陆是欧洲，而这个城市是哥本哈根。但是我并不介意。我就像一个站在海岸上的人，看着他爱的人们摇橹划船。只要他们安全地待在船里，其他什么都不重要。

现在，当我没有在办公室里为新书做笔记时，就又是独自一人在家了。尽快写信，因为我没有其他人可以说话。

你亲爱的
安德斯

因弗内斯

1月11日

我亲爱的安德斯：

小熊在这里了。只是个小熊，如你所见，所以很容易塞进信封。我是在回家之前从因弗内斯寄出的。在回家的路上我一直在等待，等待摸到我自己的电脑，看看你有没有又给我写信。这是值得期待的事情。当然了，回家也同样是值得期待的。我和玛丽还有瓦西里在一起很开心，然而当我回到农场以后，有些东西我是不会想念的。在拖车里真是有点束手束脚，玛丽和瓦西里的拖车是有两间卧室的活动房，即便如此还是很局促。那里并不像一个可以真正躺下睡觉的地方。而且，我也不太知道他们需要我做什么——做饭？清洁？——还有他们希望我不要插手什么事——做饭？清洁？他们竭尽所能地热情迎接我，带我去了因弗内斯，去看城市的样子，绕着海湾和山脉看风景，但我还是觉得自己是个打扰者。因为他们有太多事情要做：盖房子，这是显然的；保持拖车清洁，同时还要建立起自己选择的生活。我个人觉得这个更难一些，比他们离开农场时所想的更困难，因为有更多情感需求。当时他们是那么愉快，那么兴奋；现在呢，则思虑重重，神色黯淡。但是两个人在一起还是很满足的。

等我到家以后会再写信的，回复你在我期待看到的信中告诉我的所有事情。

满怀爱意的

蒂娜

锡尔克堡

1月18日

亲爱的蒂娜：

这个小熊——它有名字吗？——此刻就坐在我的书桌上，看着我写信。它背对窗口，这是当然的，因为我面对着它嘛。下次看到波吉特的时候，我就会把小熊给她，但是我并不急于把它给出去。在她能够看到这只小熊并且认出它之前还有好几个月呢，所以现在我可以看着它，同它结识。从现在起就由我保管它，让它加入我一根羽毛、一块布料和这些信件的收藏。我喜欢你把嘴巴做成开口笑的样子。我能想象到你在做这部分的针线时一定是微笑的。看着熊先生的笑容，我自己也笑了，眼前浮现出了你像我一样用手举着它的画面。

我想我会给熊先生一个名字。从泥炭当中挖掘出托兰人的考古队里有一个人，是他在格鲁伯教授的领导下，把托兰人运到了哥本哈根，我想以这个男人的名字来给它命名。但是这个人并没有抵达哥本哈根，就在古迹发掘的时候，他死于心脏病。我总觉得这件事特别悲伤，在运送像托兰人这样的出土发现时死去，永远也没有我们所拥有的机会去更了解这具保存如此完好的遗体。没能活着离开沼泽，也没能像托兰人那样将自己的遗体保存起来。尽管他的尸体早已灰飞烟灭，我觉得把他的名字给这个小熊，就能让他有机会参与到自己没能活着参与的后半段工作当中。然而，此时此刻坐在家中的我还没能找到这个男人的名字，所以我想我会根据格鲁伯教授的名字来叫他彼得吧。不管怎么说，可以说全是仰赖格鲁伯教授，我们才得以相识。如果你已经给他起好名字了，那一定要告诉我。

绞尽脑汁想名字让我想起自己参加过的研讨会，参会人都是考古学家、图书馆长和博物馆管理员，会议是由市场开发人员安排的，旨在让不是考古学家、图书馆馆长和博物馆管理员的人能够看到并理解我们如此孜孜不倦究竟是在做怎样的工作。研讨会想找到更多可行的方法——可见的和可理解的（是这两个单词吗？）——市场人员希望我们探讨的其中一个话题就是给沼泽居民起名字。比如管托兰人叫科纳特之类的，还有管埃灵妇人叫夏娃。我强烈抗议了这种做法。这些人，经过一系列复杂情况被保存下来，是我们对此一无所知的人类。这些人类在我们创造出文字符号之前就已经存在了很久，给他们起名字不过是毫无意义的伪饰。和他们一起生活的人，还有杀死他们的人，都认识他们。而对我们来说，他们就只是保存完好的男人和女人。他们很可能只是睡着了，也可能没有。市场人员说，给他们起名字可以让他们看起来更像是人类。但是，我说（幸运的是，并不只有我一个持反对态度）给他们起名字就会让他们只是人类而已，会剥夺他们的神秘色彩。

这个编织的小熊让我回想起这一切，所以现在我对给一个羊毛编织物起一个人类名字这个主意感到有点犹豫。不过我想，用格鲁伯教授的名字是出于我对他的敬意。要是我们给托兰人一个不属于他的名字，我们就会毫不怀疑地把他当作和我们一样的人，就无法真正了解他了。

和我说说你的想法吧。

谢谢你的小熊。我忘了在一开始就说谢谢。

你亲爱的
安德斯

锡尔克堡

2月6日

亲爱的蒂娜：

你一定要原谅我，在你没回复我上一封信之前就又写了一封信，因为我实在是等得不耐烦了。“不耐烦”这个词是不是有点太冒犯了？我是想表达我等你的回复等得很着急，结果一直没有等到，我很担心这也许是因为我在某些方面惹你不高兴了，又或者是发生了什么事让你不能给我写信，而后我就自然而然开始想象可能会是什么事。我向来不认为自己是那种有丰富想象力的人，但是在想象可能发生的灾难这件事上，我的想象力实在是太好了。昨天晚上我辗转难眠，便来到楼下，一个人坐着，面对窗外，月光勾勒出个别装饰品的轮廓，给了我足够的亮光去看清楚它们。无论我有多沮丧，彼得——那只小熊，它仍旧在微笑。这又让我有了信心，相信你也同样在微笑，所以也为你想到了一些沉默的理由，都是愉快的理由，等你有时间的时候，你一定会解释给我听。我决心不再等待，而是再给你写一封信，只是想告诉你我很想念你的消息。你让我可以开口谈论那些以前从不会谈起的事物，从而看清了那些深深掩藏起来的东西。我现在平静了许多，之前是心潮难平，此刻则开心了一些。我想让你知道。

你亲爱的

安德斯

贝里圣埃德蒙兹

2月8日

亲爱的安德斯:

我希望可以在自己的脸上缝一个微笑来匹配那只小熊脸上的笑容，但是我却不能。如今一切都变了。不！没什么改变了。只是我突然间发现自己理解所有事情的方式都是错误的。我收到了你关于卡琳的信，也收到了关于小熊的信。我想我们或许应该停在这里。对你来说，是开心的。对我来说，是分享了你的快乐。我并不想把自己的不幸强加在你身上。

蒂娜

锡尔克堡

2月9日

亲爱的蒂娜：

我不明白。我们怎么停下？你一定明白同你聊天对我来说已经变得多么重要。我从没看过你的面容，从没触及你的手，甚至也没有和你吃过一顿饭，但你却将我从不幸带向了幸福。我无法相信你竟然拒绝我为你做同样的事情。你一定要告诉我发生了什么。拜托了。

我是不会就此停止的，我不可能不去想关于你的事情，我会一直好奇究竟发生了什么，直到你再度写信过来。我是不会停止给你写信的，直到你回复我。

你亲爱的

安德斯

贝里圣埃德蒙兹

2月16日

亲爱的安德斯:

我很抱歉。你说的没错，我欠你一个解释。我本以为自己是不可能把这一切写下来的，但是现在我想起来了，把事情写下来，寄给你，一直以来都让我获益良多。或许把这个故事告诉你，将再次帮助到我。

我比原计划早了一天从因弗内斯回家。因为我发现玛丽、瓦西里和我在一起的时间太久了，远没有必要这么久，我特指在那一刻，在那种情况下。所以，我赶上了一趟回家的火车，并且给安德鲁发了电报，让他在我晚上到车站的时候过来接我。这一次我同样是在爱丁堡、约克郡和彼得伯勒转车，沿途天光黯淡发灰，大雾弥漫，夜色浓重，车窗外掠过的每一盏灯光都因雾气而模糊。等到了贝里圣埃德蒙兹的时候，我已经疲惫不堪了。安德鲁就在那里等着我通过出站口，看到他站在那儿，准备好接过我的行李给我一个拥抱，我就放松了下来。在回来之前，我就想过回到家以后肯定会很高兴，但是当我们把车开进院子时，我却一点都没有感觉到高兴。我只是后知后觉地感受到了一种无聊旅途结束时才会有的那种感觉。我穿过雾气走进屋子，看到了爱德华。他坐在那儿，脱去了工作服，衬衫的袖子和领子都皱巴巴的，头发看起来也乱糟糟的。他煮了一壶茶，为了保温套上了我一年前织的保温套。保温套是菱形图案的。当时我自豪极了，骄傲于自己竟然能编织出这么复杂的图案，无论何时我注意到它——这东西每天都在用，但是对于每天都在用的东西，你反而偶尔才会注意到它们，你明白这种情形的——我都会很高兴地意识到是我做出的这个保温套，它很漂亮，做得也很精巧。

在注意到这个漂亮的茶壶保温套时，在知道爱德华之所以脱掉工装裤并且煮了茶是因为他知道我会感到满意时，在这一瞬间，我感觉到了片刻的温暖。茶肯定很浓，而工装裤则会躺在洗涤室的地板上，等着我捡起来丢进洗衣机，尽管如此，我还是觉得温馨，至少他努力了。我喝了茶，爱德华把我离开后发生的事情一一告诉了我（即便不是所有的事情，但我也能知道个差不多了）。他说的话在我听来全都似曾相识。他说话的样子一如往常，但是这一次我听得格外清楚，因为我最近习惯了玛丽还有瓦西里和我说话，也习惯了聆听他们和彼此说话，所以我是用这种倾听状态来听爱德华说话的。爱德华告诉了我所有令他恼火的事情：一个遛狗的人没有控制好自己的狗；一个太阳能农场的建筑申请，这就意味着会有道路方面的交通施工；一个农业机械的供应商原本承诺在二十四小时内交付一部分机器，却没做到；他想吃一片吐司，冰箱里却没有牛肉酱；一双他很喜欢的袜子，找遍了都没能找到。就算在我离开期间发生了什么开心事，他也不会想起来去提。

如果不是那么疲惫，我会立刻拔腿就去找牛肉酱和袜子，我很清楚这两样东西在什么地方。当然了，我也明白，这是因为我总是立刻就去找爱德华想要却永远也找不到的东西。他没有找东西的能力，他为什么要有呢？既然他只需要叫我的名字，然后无论什么东西就都能找出来。但是那天晚上我实在太累了，而他弄丢的这些东西——他还在努力回忆之前找过但是没找到的其他东西，一定是有其他东西的——在那一刻他并不是马上就需要，所以我就上床睡觉去了。

我原本以为卧室里会堆满没有洗的衣服和脏床单，一地狼藉。但是那里竟然宛如我离开时一样干净整洁，而这个场景就像那只壶茶、那个保温套和那条脱下来的工装裤一样，让我觉得自己应当感激爱德华微薄的善意，这对他来说可不是什么自然而然的事情，因此表现出了一种刻意的努力。所以，卧室这么整洁，我很简单地就怀疑他是不是睡在了别的房间，有意将这里保持原状，因为他知道我会乐于看见这一切，但是在我想明白这个问题之前我就睡着了。

第二天早上，我醒了过来，爱德华已经出门了。我躺在床上，环顾卧室，想着：爱德华肯定要求萨拉过来铺床了，但床上用品都是在我走之前铺上去的那些。那他肯定就是睡在别的房间了，我自言自语。吃完早饭之后我要找找看，因为将那个房间恢复整洁是我的分内工作。

到目前为止，你肯定要失去耐心了。你会疑惑为什么我浪费了这么多笔墨写茶壶、保温套和干净的床单。在我刷牙的时候、穿上套头衫的时候、梳头发的时候，我知道这是为什么吗？我说不准。在前面这部分内容中我还是安全的，我或许知道一定还有后续的事情，但还没发生。

我下楼去了厨房，塔姆和安德鲁在那里，爱德华也在。他们的身上都有新鲜空气的气味，很强烈，锐利的风仍旧残留在他们的衣服和头发上。安德鲁站起来，从炉上的壶里给我倒了一杯咖啡，我坐下来时对爱德华开了口，是很不经意的，就像这个问题刚刚擦过我脑海的边缘那样不经意，只是在更多要被讨论的重要内容之前需要解决一下的前奏。

“我不在的这些天你都是在哪儿睡的？”

“什么？”爱德华反问道，就好像没听见我的话。但他绝对听见了，而且这也是我第一次听见了自己的问题，也明白了昨天晚上我回到床上以后就一直在问自己的问题。我抬起头来，环顾看着我的三张脸，而我全部的想法就是，我知道，也明白我的生活落入了谷底，而我对这个人是谁毫无线索。我疑惑了，这么多年来究竟是谁住在这个房子里？是谁生了三个孩子，做着这个男人的妻子？

我几乎写不下去了，但我还是会忠于这个故事。如果我把它写下来，或许更容易说出什么才是重要的，才能解释清楚我的感受。

塔姆站了起来，走出了厨房。安德鲁留下了。爱德华说：“我不明白你在暗示什么。”

“我是在问，”我说，“你是不是在某个空房里睡了？”

我直直地看着他的脸。作为农民，他的肤色很深。他的眼睛是蓝色的，被上千条皱纹包围。这些皱纹在他古铜色脸颊的衬托下显得很白，因为他是一个时刻准备微笑或者皱眉头的男人，无论何时只要他做了其中一个表情，整张脸就会皱起来，而这些线条就被折叠在了皮肤里，不受风吹日晒的折磨。这就是我所注意到的：他脸上的肤色是那么深，那些皱纹在脸上分外突出。接下来他说的话很重要。即便没有去检查，我也已经很确定他并没有在家中别的房间里睡觉。或者说，就算他在别的房间里睡了，也不是一个人睡的。我能从他的脸上看出来，从安德鲁的脸上看出来，从塔姆的迅速撤离中看出来。这么说，他是对我说谎了吗？我也说不清自己会怎么做，我可能会打他，尽管这辈子我还没有打过任何人，所以很可能就不具备打人的能力。我或许会扔什么东西，砸碎什么东西，呕吐在地板上。要是他对我说了谎，那么我就会丧失掉一直坚守的尊严，我得有时间来弄清楚自己身上究竟发生了什么。

但是他并没有说谎。他转过头，让安德鲁离开，而后他就对我说了实话。应该说，是真相。我能理解的就是这些真相，但我很难理解他所说的其他一切，关于他的感受、他的想法，我统统无法理解，而且我也不知道他说的这些我该相信多少。

说真相。他和另一个女人发生了关系，时间超过一年。我以为他去打高尔夫球的那些下午，他都是去了那个女人家里，还有一些晚上，那时候我以为他是去酒吧里同朋友见面，参加很寻常的晚餐聚会。他花在市场、农业商人和附近农场里的时间比他跟我说话的时间要少得多，更多的时间都是同她在一起。偶尔我整晚不在家，这种情况很罕见，有时是他找借口出去，这种情形更频繁——开大会、高尔夫旅行——他都是在她家里过夜。我从来没有注意到，我甚至没有一秒钟的怀疑。

起初我暴跳如雷，其实我并不经常生气，我是说真正的生气。我并不愿意承认受到了侮辱，也不相信我有权对此感到怨恨，因为这个场合让生气成了最恰当的反馈。当爱德华对我说完整件事后，我实在太生气了，气得一个字也说不出来。而且引起这种愤怒的并不是背叛——这是最重要的，我也会来说这一点——而是细节。一直以来与他保持着恋爱关系的那个女人（我为什么用了这样一个词语来描述它？“恋爱关系”意味着什么？它听起来明媚、轻快，我告诉自己不要用这个词，但就是这个词自己从笔尖流淌出来）就是达芙妮·特莱格。达芙妮·特莱格，一个我瞧不上的女人。她的观点和态度都是那么陈腐，小道消息灵通，充满偏见。她的兴趣是如此狭隘、琐碎，完全以自我为中心。如果她能在外表上比我更具吸引力一些，我还可能——尽管我应该不会——愿意忍受我的丈夫竟然被这样一个平凡愚钝到令人讨厌的女人强烈吸引。我对自己的外表并没有极高的评价，但是她也没什么不同。我们两个人都只能在既不丑陋也不美丽的女人分类中占据一席之地。她比我要年轻六七岁，但是太胖了，也从来不知道她这个年纪和体形的女人应该穿什么样的衣服。我对于自己的穿着可能也不算上心，但我不会穿得露怯。

爱德华不仅（我觉得自己好像要开始咆哮了。原谅我。这就是我当时的感受，当我再次想起的时候怒火径自从喉咙里冒了出来）选择了一个无论从任何角度来看——感情上、言谈上或者外表上——我都无法认同是具有吸引力的伴侣来背叛我，他同样选择在我们的社交圈里来做这件事，甚至是在家庭圈子里。尽管我说过我们并不是非常了解他们，但我们认识达芙妮和她的丈夫也已经有不少年头，我们经常去参加同样的活动。她认识的那些女人我也很熟悉，其中有一些是被我当作朋友的。我可能不是这个群体里唯一一个不知道发生了什么事的人，但是我敢肯定，知道的人肯定占大多数。在过去的几个月里，她成了农场工作的一部分，从而也成了这个家的一部分。我有权愤怒。

后来，我离开厨房，把爱德华留在他那自我辩解的语句之中。为了思考，我躲进鸡舍，这才明白过来，比起选择了达芙妮·特莱格，背叛本身才更为严重。如你所知，一直以来我都困惑于自己的人生为何是现在这般模样，为什么会这样，但是我想，至少我理解了这种人生究竟是什么样。织布机上的纬线和轻纱、坚实的大地和沼泽。我以为我知道什么时候要大致地糊弄过去，什么时候需要干净利落地解决，却忽略了纺织物上的裂痕，我过于信赖这个作为基础的整体。

我明白，爱德华和我之间已经没有激情了，有很多话题我感兴趣他却毫无兴趣，也有他感兴趣而我不感兴趣的话题。我明白我已经成了一个农民的妻子，无论这个选择是不是出于自愿，但只要力所能及的工作我都会做。我明白我之所以做这些工作，是出于对爱德华的忠诚，这么多年以来他也为我提供了陪伴与安慰。我欠他这份忠诚，因为，抛开所有激情的缺失和话题的匮乏，他是个好人。我过去总觉得我为自己做的选择是错误的，但是这个选择对他来说有效，所以我也得让它对我们两个人来说有效，因为他是个好人。所以我想，我会说，这也是对自己的忠诚。但是我错了。我在最基本的方式上就错了，现在要我如何找到我们共同生活的意义呢？这么多年以来，在一栋不是我选的房子里，它的意义是什么？我到底是个多蠢的傻瓜啊！

我在鸡舍脏兮兮的稻草上坐了很久，一言不发、一动不动，一对小鸟飞过来，开始啄我的靴子，想看看有没有什么鸡能吃的东西不小心沾在了鞋子上。一只母鸡咯咯咯直叫，让全世界都知道它下了一颗蛋，它从巢箱里出来的时候，另一只母鸡冲上来啄了它一口。要是我能缩进这个巢箱，我想我肯定就蜷进去了，好躲避我所身处的母鸡群的好奇和恶意，保护自己的安全。

要躲开爱德华没那么容易，他一直都在找我，试图为自己辩解、找借口，和我做保证。根本没有办法思考，所以我决定离开，至少要等到我弄清楚这一切到底意味着什么，我才能面对他。我觉得自己什么也指望不上。我不得不重新审视我做过的一切，带着这个大新闻，重新思考。给你写信是我需要思考的一件事。我肯定会要求你对我有耐心。别回这封信。我知道你无论说什么肯定都是深思熟虑并且善意的，但我无法承受。请等等我，等我能把自己带到一片双脚可以笔直扎根下去的更坚实的大地。

蒂娜

锡尔克堡

2月27日

亲爱的蒂娜：

我一直在等你的下一封信，正如你要求我做的那样，但是我发现想填满这个空空的房子太难了。你肯定知道和你交谈这件事对我来说变得多么重要。我现在能做什么呢？我的家人来看我，我去看望我的家人，去工作。但是没有在做这些事情的时候呢，在一个小时又一个小时的时间里，我一直在想你在信里对我说的话，以及下一封信里我要和你说什么。我很留心周围的万事万物，想把它们告诉你，而我之所以留意万事万物，是因为你告诉我要去注意它们。并不仅仅是那些时间填不满，没有你的音信，连我自己身上也有一部分是空荡荡的。

我又把所有从你那里收到的信重读了一遍，打发了一些时间。一开始——你还记得吗？——你告诉我你和贝拉一直计划着要来看托兰人，当她因为孩子的问题和前夫发起战争，情况不太好时，你说你们两人之一就会提议说现在就是合适的时候。而另一个人会说不，现在还不是。我敢肯定如果贝拉还活着，她一定会告诉你来看托兰人，而你并没有不这样做的理由。你可能会说，一直以来你都在期待这次旅行，等待正确的时间到来。现在就是正确的时刻。来锡尔克堡。博物馆每天都开门。交通很方便。锡尔克堡天空的样子、气候的类型，还有地貌可能和贝里圣埃德蒙兹如出一辙，但是从这里去看，视野将完全不同。

如果你不回这封信，我就不知道你究竟是没有收到信呢，还是选择不回信；如果你没收到信，我就不知道那是因为你没有一台可以随身带去任何地方的笔记本电脑呢，还是没法使用网络。当然了，我这样说是为了增加你不回信的难度。

对于你在信里告诉我的事情，我打算不置一词，因为我觉得自己无权说三道四，除非你开口询问我的看法和感受。我能说的就是，我每天都会想到你，并为你感到痛苦。

你亲爱的

安德斯

贝拉的公寓
贝里圣埃德蒙兹
3月5日

亲爱的安德斯：

你确实让我很难不回信。而我也确实想给你写信，虽然这是真情实感，却不那么准确。我会说到这一点的。

我现在住在贝拉以前的公寓里，在城里。公寓现在属于艾莉西亚，贝拉去世后她就挂出去售卖了，但是并没有用心去卖。房产经纪人要求将房子整理干净、重新装修、重新布置，这些她都无视了，同时还拒绝了收到的好几份申请。与此同时，她还回来住了好几次——她自己的家还在意大利。因为她还没有把贝拉在公寓里的遗物全部清出去，这里仍旧像是贝拉的地盘，她可能还在某个地方，只不过是在另一个房间里。公寓里的气味也同贝拉在时一样。我想这就是为什么艾莉西亚并没有卖力地要把房子卖出去。每次艾莉西亚来，我都来这里看她，每次都感觉像是避难。我想那是艾莉西亚的避难，而这一次，则是我。

尽管公寓里乱七八糟的，就像在家里一样，但正是这种混乱让人可以在其中安心走动。这种混乱就是，任何时候你都能捡起一样东西来用。有一堆书可以看，从杂志上剪下来的还没有归档或者扔掉的文章；拖鞋们都在等待夜幕降临，大门关起，陷入舒适与懒散的时刻。这里的一切完全不像填满农舍的那些装饰品，外壳坚硬却没什么用处。当我意识到我再也不能待在农舍时，便和艾莉西亚商量，决定搬到这里来。我关上了身后的门，从衣柜里拿出了贝拉的紫色绣花夹克衫，蒙在脸上哭了又哭。我一直哭到几乎能听到她的声音在跟我说，快停下，控制自己。

我已经在这里生活了一周，每当我回到这个公寓，依然能够感受到贝拉刚刚缺席的那种震惊，同时也能感受到截然相反的温暖和安全。我把这里收拾妥了，不过仅限于把物品叠放整齐，扔掉垃圾，清理厨房表面这种程度，我还把那些我搞不定的锅也换成了可以用来做饭的锅。我希望能在把它保持成艾莉西亚需要的样子——处处都是贝拉——与让这间公寓适宜居住之间达到一种平衡。

现在我已经快把容易写的事情写完了。我使尽浑身解数用一切能想到的话题来填满字里行间——贝拉拥有的披肩清单，关于这个地方的逸闻趣事，我发现了丢失的耳环，就在她收集的CD旁边，可以作为她热爱音乐的佐证。但是真的，你为什么要如此在意地去读这些东西呢？你明明是在等我告诉你我的情绪、我的婚姻状况，可这部分又是那么难以启齿。

首先让我告诉你我现在了解的情况。我知道了我还蒙在鼓里时都有谁知道这件事。

安德鲁。他说达芙妮开始每天到办公室来以后，他常常看见他们在一起，那时他就已经发现了。如果我看过他们俩在一起的样子，可能也已经发现了，但是当着我的面他们俩要小心得多，我确实没怎么看见他们俩单独相处。即便看见了，我肯定也会非常盲目，顶多就是看一眼，绝不会想得那么阴暗。知道这件事对安德鲁来说并没有那么好过，我现在才明白。他并不那么确定，也不开心，但是我们并没有找到谈论这件事的途径。

塔姆。我猜他从一开始就知道，他把这件事视为爱德华和我强加给他的大麻烦。他一点也不想插手，对于该责怪谁毫无兴趣追究。他认为我们严重扰乱了农场的顺利运行，并且破坏了他的舒服日子。所以在这件事上，我们两个都一样有错。

萨拉。我不清楚她知道这件事有多久了，也不打算搞清楚，因为我感觉到了她同情背后得意的笑容，就好像是我刚刚织完的套头衫接缝处遗留的一根针。

许许多多的朋友。我之所以知道，是因为他们纷纷打来电话，说要给我提供肩膀哭泣，他们肯定都意识到这段关系迟早要暴露了，你看这么快就被抓到了把柄。我并没有借别人的肩膀哭泣。我从来没有做过这样的事，也不想这么做（直到现在。我现在正趴在你的肩膀上哭泣，我亲爱的安德斯。我该如何忍受这一切）。

玛丽还不知道。这是一个巨大的安慰，如果她知道了，我相信她肯定会说些什么的。她跟我说过她心神不宁，但并不是因为达芙妮。

我现在才知道，爱德华一直都在给达芙妮钱，或者说允许达芙妮从他那里拿钱。我知道这些是因为达芙妮确信我知道。事实上，爱德华并没有提到这个，我真是太粗心了。但是很显然达芙妮是希望我知道的。我回到农场去取衣服的时候，她从办公室里出来，在院子里和我说了话。我原本以为看见她会让我火冒三丈，所有的怒火重演一遍，然而当她踩着高跟鞋踱过来，一副高人一等的样子时，我为她感到遗憾。我意识到，在这件事里，她和我一样都是受害者。她告诉我她很抱歉，没有想到我会发现，但这或许是最好的结果，因为，当然了，这对爱德华来说很难熬，他是那么善良的一个人，想到伤害了我就无法承受，所以他才选择了保密。而且，这件事对她来说也同样艰难，因为没有办法和自己爱的男人公开生活。他确保她不会有金钱上的困难，因为他一直以来对我也都是软心肠。她希望我们彼此之间不要互相憎恶。

听到这一切，我很疑惑，她是相信爱德华会用她来取代我呢，还是在说服自己他会这么做呢？他当然不会，我本可以这样告诉她，但我没有。她很快就会发现自己在自欺欺人。或许和我在一起并不像和她在一起那么有趣，但我一直以来都更有用。我根本无法想象达芙妮会做饭打扫、洗衣熨烫、下地干活，保证储物柜能够在任何人打开它的时候都送上他们想要在那里找到的任何东西，知道任何可能要用到的东西可以在哪里找到，修理任何需要修理的东西，预约医生、牙医、理发师、手足病医生和兽医，并且记得提醒每个人预约时间。如果爱德华希望达芙妮来做这一切，更有甚者，是他很可能会要求她去做，哪怕她同意了，她也不可能毫无怨言地去做；哪怕她同意了，并且践行了自己答应去做的事情，也不可能做到令人满意的水准。我看过她在办公室里的工作情况，她顶多只适合做爱德华的情人，她无法胜任妻子的角色。他是明白这些的，所以他并不想让我离开他，这是我知道的另一件事。现在最初的风暴已经过去了，但在达芙妮那里却没有。所以，我站在院子里，手放在车门上，双脚站在一片泥浆的污迹里，听着她的声音和风声对抗越来越高，告诉我这一切爆发出来有多完美，我真的很同情她。尽管此时此刻我自己过得也不容易，但至少我可以为自己不是达芙妮·特莱格而感到庆幸。

而我仍旧不清楚的事情有：爱德华为什么这么做？接下来会怎么样？在整件事情中我自己又扮演了怎样的角色？

对于自己的不忠，爱德华给出了许许多多的解释。而这些理由全都随着他的心情变化而变化。因为我不回应他，令他觉得委屈，他就会说这一切都是我的错。因为我这个人冷冰冰的，不关心他。我从来没有对他感兴趣的事物投以全心全意的热情，这倒是真的。而当他陷入我可能抛弃他的绝望时，他又会说这全是他的错，他有欲望，并且没能控制住，这可能是真的。而当他既委屈又绝望的时候，他就会说这都是达芙妮的错，是她勾引了他，我觉得这不是真的。

接下来会发生什么呢？我不知道爱德华觉得接下来会怎么样。我知道他不想让我走，但是他也没说出什么话来让我觉得他正准备结束和达芙妮的这段关系，并以此来挽留我。我觉得他是在等，因为他不知道接下来我是怎么考虑的。现在我要来到最艰难的部分了。

最开始发现这件事的时候，我的反应是怒不可遏。我觉得自己就像个天真的女人，被她所信任并服务的一切结结实实地欺骗了。然而一冷静下来，我就开始质疑自己的无辜与否。这是因为你。我们从未见过面，与你之间的通信怎能和一再发生的身体不忠相提并论呢？我都能想象到你的惊讶。请让我解释。在我看来，爱德华干的事儿里最不值一提的部分就是性爱。所以呢？如果他用这种方式和随机的陌生人外遇十几次，我可能会绝望，认为他软弱无能，却不会让我们作为一对夫妻的生活有什么不同。事实上，我经常疑惑，如果确实发生这种事会怎么样，虽然是假设，但总的来说，也是很有可能的，而现在我相当肯定是这样了。即便如此，和达芙妮·特莱格的关系是有多势不可当呢？那是一段能持久的关系吗？所以其中包含感情的因素吗？他是作为一个人转身离开了我，而不仅仅是作为一个性伴侣吗？你开始明白了吗？反而是我在做这样的事情。我正向你伸出手去，希望你成为我情感上的伴侣，并且一直向我的丈夫保守秘密，因为我们——你和我，在这样的接触中已经达到了某种亲密的程度，会让他觉得自己被排除在外，被无视了。至少，要是我想象一下自己和爱德华的情况颠倒过来，我发现了你和我之间的这种通信发生在他和另一个女人之间，肯定会让我觉得被排除在外，被无视了，所以我认为对他来说也是一样。

我之前说玛丽心神不宁，她并不知道自己爸爸的不忠，我才是那个让她心神不宁的人。因为我和她分享了我们之间的通信，而后她开始明白爱德华和我之间的距离。她已然看出我们婚姻破裂的可能性，不是因为他说了什么、做了什么，而是因为我说的话、做的事。

我没办法告诉爱德华我是高昂起头走出家门的，我无法理直气壮。我不得不仔细去想我们两个人的婚姻究竟是在哪里结束的。很可能就是在他出轨的时候，在我开始给你写信后不久。这绝不是个巧合，我可能和他的共同语言更少了，因为我当时更感兴趣的是我们两个在聊的东西，而不是爱德华跟我说的东西。对你更感兴趣，而不是他。我必须努力一下，看看能不能找到一条路回到我们开始通信之前。这是我亏欠他的，因为我并不无辜。你能明白吗？你看，我问了你一个问题。你有权回答它。无论你寄来什么，我都会看的。

无论接下来发生什么，你都要知道，我们之间的通信对我来说很重要，生活的质量提高了，情感也得到了释放。我不知道自己是否向你表达过这对我来说有多重要，和你相比，我想我一直以来都是更多矜持，更少慷慨大方。而现在，我觉得必须告诉你了：我们之间的通信填补了我心里和脑海里的所有罅隙。但它同时也将我从自己身处的地方带走了，那是我三十年前和爱德华结婚时一脚迈进的地方。这是不对的。

蒂娜

锡尔克堡

3月8日

亲爱的蒂娜：

我明白的。但是却不同意。这可能会是封长信，但我知道你会读到最后。我尽可能把自己所有的想法汇总在一起，我希望自己没有遗漏。

首先请允许我关于“悲痛”说两句，这是我明白的一种感受。当你描述在好朋友贝拉的公寓里是怎样的感受时，我想起了波吉特在奥胡斯租的那间办公室。我是不是都没提过？我想应该没提。她是个训练有素的设计师，我们刚结婚的时候她为一家事务所工作，设计广告、海报和传单，但是做雇员并不适合她，所以当有一定实力后，她便开始做自由设计的工作。一开始她在家工作，但是她希望把生活当中的这一部分和自己的家还有家人分割开来，所以她在奥胡斯租了一间办公室。每当有工作的时候，她就会搭早上的火车过去，晚上再回家来。这种日子对我来说糟糕透顶。我会等在车站，只有当我看到她朝我走来的那一刻，才不会觉得自己再也见不到她了。她的办公室在奥胡斯让我很郁闷——因为那里太远了，我没有办法很快赶到，而且，那地方还在海边。我总是想象着有一天她会离开办公室，转过身背朝火车站，走向海边，走到海港，找到一条远去的路，去找自己遗落在童年的不管是什么东西。不过她从未这样做。我想我是误解了她的工作和她人生的匹配度。她一直都在试图保持平衡，后来我想这个办公室是在跷跷板的一端（我不得不查词典找这个词，我很喜欢这个词），以枯燥烦琐的重量抵抗跷跷板另一端的力量，这是一种萎靡不振的力量，来自大海和自由。而孩子和我则在正中间，所以她永远都不会不经过我身边就从办公室去海里。

在她去世后，几周之内我都没去那间办公室，我几乎忘了它的存在，而后我意识到自己还在为它支付租金，所以我就开车去奥胡斯清空那里。我有好几年没有去过那里了，打开门的时候眼前的场景完全是陌生的，然而那里看上去就像波吉特刚离开没一会儿。或者说，就好像她还在那里，只是在躲着我。尽管房间很小，但是房间的布局方式无论是谁都有办法在椅子后面、桌子下面、百叶窗和窗户之间藏匿起来。波吉特去世的时候，所有工作都已经完成了，存在一台电脑里。她的大部分工作是设计网站，所以不需要绘图板和开始工作时塞满纸张、卡片、铅笔以及颜料的壁橱。在本该放这些东西的地方，她塞进去了垫子和毯子，弄出了一个巢穴来。我从来没有踏足这么拥挤又这么空荡荡的房间。我没有办法离开，但是要动一下又很困难。我站在门口时，一个年轻人拿着一杯咖啡走了上来，进了自己在更高楼层的办公室。他解救了我，他让我去给自己买一杯咖啡，等我回来的时候他已经抬起了百叶窗，折好了毯子，捡起了垫子，让整个房间看起来除了家具以外别无他物。整个早上他都和我在一起，楼里的其他人也都过来帮忙，拿来装文件的盒子，还有打包垃圾的袋子。那里还有很多小物件，之前我一个也没见过，但是假如有人把它们摆在桌面上，放在我正大步走着的街道上，我经过的时候肯定会说："是我妻子把这些东西搜集起来的。"它们和我没有任何关系，彼此之间也毫无关联，我把它们装进了盒子，留给了其他办公室里的热心房客，或者扔掉，或者送人，愿意的话自己留下也可以。就像我们最后处理家中那些物品所采取的方式（借助了一些你的帮助）。

我原本并不想就这件事说那么多，因为这个房间和贝拉的公寓很相似，所以只是想描述一下自己的感受，它们都被已经离开的人填满了，虽然里面是空的。但是，在我写下这些感受的同时，又想到了其他要表达的观点，这些观点要更深刻一些。

你说因为你写给我的信，以及我写给你的信，让你无法相信自己是无辜的。我的第一个念头是：并非如此。我想，假如我是一个二十四岁的年轻男人，或者一个八十四岁的老男人，而且我很可能是的，那么就没有人会在我们的通信里挑出任何毛病。除了善意之外，你不会因任何事而自责，对一个要学习万事万物的小男孩的善意，或是对一个空虚度日的老头子的善意。然而，当我试图把这些想法发展成论据，让你不要再拒绝我们的友情时，我发现这个说法其实很虚弱。我们的通信对我们两人来说都意味深重，因为我们都来到了人生中同样的节点，远在身后的远比远在前头的东西要多。对道路的选择勾画出了我们人生的样貌，还是有足够的时间去改变。所以，我会马上说——这些信件在我们之间建立了联系，让我们成为最亲密的朋友。即便我们从未见过面，但比起我每天都见的那些人，我对你的看法更感兴趣。比起我每天都见的那些人，我也更喜欢你。要是我们见面的话，我相信我对你的感觉可能会从喜欢发展成爱。我要重写这句话。当我们真正见面的时候，我相信我对你的感觉一定会从喜欢发展成爱。哪怕抛开我刚刚写的话，我还是不赞同你需要在某些方面感到内疚。自责是要看情况的，情况从来都不是那么单一的。让我告诉你一个我年少时候的故事。

十六岁的时候，我和父母一起住在奥胡斯。一天晚上，天快黑的时候，我正穿过一个公园回家。一个小孩子从我身旁的灌木丛里冲了出来，因为找不到妈妈而号啕大哭。我看了看周围，并没有人，于是我拉起了这个孩子的手，绕着灌木丛走了一圈，结果还是看不到一个人。这孩子太伤心了，所以我就带着她一起往家走。我实在想不到还能怎么办。我有个小妹妹，我就当这个小姑娘是我的妹妹一样去照顾她。我离开了公园，沿着人行道走了三四百米的样子，孩子的妈妈突然冲到了我身后，尖叫着孩子的名字，从我手里一把夺过孩子的手。她刚刚就在公园门口，把小宝宝安置在车里，就在她心烦意乱的时候，女儿自己跑开了，回到公园，继续他们之前在玩的捉迷藏游戏。当她意识到孩子离开了时，率先想到的是交通事故和闹市区，所以她就沿着人行道上上下下地找，呼唤路过的人帮她一起找孩子。所以还有其他人，男男女女，和这个妈妈一起，团团围住我。我以为（我当时才十六岁，不够成熟）他们会恭喜我找到了走失的人。但是当然了，他们只看见一个年轻人拉着一个小孩子的手，把孩子从妈妈身边带走。其中一个人声称自己是警察，记下了我的名字和地址，然后把我装进他的车子，开车带我回家，来确认我的说法。他告诉了我妈妈发生了什么，谴责了我的做法。我不应该把孩子从公园带走。我应当待在原地，大声呼救，或者走到最近的门口，拦下第一个路过的人，请他们联系警方。警察说，我在操作方法上有绑架的罪责。

他在屋子里的时候，我妈妈表示认同他说的话，但是他一走，她就告诉我“罪责”这个词用得不对。这个词暗示的是明知什么是正确的，却偏偏选择了相反的方式。她说我有的只是——现在我很肯定对此有一个最合适的英文单词，你没有告诉我，我只能猜了——差错。我做了件错事，但我自己相信是正确的。（在说这个故事的时候，我突然意识到，你可能会觉得丹麦总是有孩子走失，因为我告诉过你波吉特小时候的事情，但是这两件事在我的脑海中是没有关联的。我发现的那个孩子是在玩耍的时候走丢的。）

再回想那天晚上发生的事情，我看得出，如果我有罪责的话，或者说如果我有差错，是因为当时的情况让这种差错不可避免。如果这个妈妈更谨慎一点，让孩子待在自己身边；要是这个孩子被教导过即便是玩耍，也不能擅自跑开；要是我在成长过程中没有被教导说照顾妹妹是我的责任，那这件事就不会发生。

我敢肯定你其实无须我多言。通过这个很久之前的小故事，你肯定明白我想说什么。妈妈是个好妈妈，孩子是个好孩子（一切平息之后我们又见面了，所以我知道），我也是个好男孩。尽管如此，一出很可能的悲剧差点就在我们所有人身上，或是某些人身上发生了。

在你知道真相之前，你也告诉过我，爱德华是个好人。你是个诚实的女人。是你们婚姻当中发生在两个人身上的一系列事情让他处于现在的情形。毫无疑问是他背叛了你，而你呢，则出了一点差错（我又用了这个词），做出了某些举动。作为一个诚实的女人，你觉得自己不应当这么对待结婚对象。在我告诉你的那件事当中，最大的责任主要在妈妈身上。一切都过去后，她承认了这一点。那么在你遭遇的事情中，谁才是责任人呢？你能说出来吗？婚姻让你们都已从对方那里得到了很多东西，但你们还想得到更多，这是你们的罪责所在。或许你应该努力在这场婚姻里求得更多，但这就要求你们当中的一个人或者两个人都要有所牺牲，而且你已经告诉过我，结婚这个决定让你的人生已经变成了一种牺牲。

你的父母、他的父母、你，还有爱德华，是你们共同促成了这场婚姻。如果它失败了，谁能说得清该从哪里责怪起呢——是那些一开始就“共谋”了这场婚姻的人，还是迈出了第一步把它带向终结的人？我不能认定你就是这个人。我们写信给彼此的时间或许的确比爱德华和达芙妮·特莱格睡在一起的时间长，但是爱德华心知肚明自己是在出轨，从一开始就知道。而你呢，只是在寻找一种方法，来弄明白自己究竟成了怎样的人。这很幸运——只有这一次，英文单词对我来说似乎力度不够——幸运是因为出于这个自我认知的需求，我们找到了彼此。你绝不能相信在你给我写信这件事情和爱德华做的事情上有着同等的错误。所以现在，我要实际一点了，我要用在工作中做决定的方式来梳理选项。选项有哪些呢？每个选项的影响又有哪些呢？让我一一列出来。

1. 毫无改变。你和爱德华继续在农场共同生活。他继续见达芙妮·特莱格，我们的友谊继续发展。那么唯一的改变就是，你们两个已经知道了真相。

【影响】发现这件事的当天你去了鸡舍，所以这种可能似乎不存在，你并没有往这方面考虑。但是就我的经验而言，妥协对于每个人来说都是最容易做出的选择。“好吧。”对话会这样，“这或许不是最好的解决办法，没有解决这个问题的根本，但是，不管怎么说，这是一种可行的选择，不会造成什么重大的负面影响。”所以，谈话总是以确定的态度开始，无论发生任何事情，都非改变不可。但最后呢，又总是以只往这边或者那边调整一点点的决定结束，至于其他的就都保持原样不管了。

你会明白这为什么是个坏主意，但我只想提醒你：你肯定会失去自尊；变化可能仍旧无法避免，所以你将发现自己对未来根本毫无信任可言；没有任何事情会往好的方向转变。换句话说，它会保护你的婚姻，而这似乎并不是我想给出的建议，因为保卫婚姻并不重要。

我知道你曾经将自己描述为始终保持平衡的人，这就意味着你倾向于妥协，但我不相信你会认同这种选择。

2. 复原。你和爱德华继续在农场共同生活。他结束和达芙妮·特莱格的关系。你也不再和我通信。

【影响】这是乐观主义者会选择的一条路。他们坚信只要付出一点努力，心怀一点美好的期许，那么过去没能有效果的东西在未来就能够见效，这是一个似乎没有什么障碍的选择。这就像是将一台出了故障的电脑恢复到更早之前的设置，那时一切程序都能运转正常。这种方式是假定了计算机病毒能够被消除掉。但是这个选项对我来说则是个灾难。我希望你能得到最好的结果，如果这是你所期待的，这就是你和爱德华的选择，那我也会举双手赞成。在你这么做之前，我只能说：再也没有机会找到还未采摘的覆盆子了，再也没有蕨类植物展开新叶了。

3. 报复。你留在农场里，爱德华离开，和达芙妮·特莱格一起生活，但仍旧（这是他的本职工作）经营农场。

【影响】在我最开始去思考有哪些选项时其实漏掉了这一条。有人喜欢扮演折磨他人的角色，这就会是他们的选择，就像是一种惩罚。然而，惩罚所带来的痛苦却是要双方共同品尝的。我无法想象你是这样的人。

4. 变革。你离开。

【影响】你去到哪里，为自己创造了怎样的生活，这些都是在做完最初的选择之后迟早要做的决定。可以列出来的选项太多太多，覆盆子不计其数。在最开始，你必须决定的只有两件事——一开始要去哪里，做下一个选择需要用多长时间（当然了，这个选择可能囊括上述选择中的任一选项）。

走上这条路需要勇气。但是我有信心，你是充满勇气的。通过我们对坏消息的反应，我能看出我们是不同的。你有生气的勇气，换成我，可能就会陷入悲伤，闷闷不乐。从某个方面来说，波吉特其实只是假装同我结婚，就像爱德华是假装对你忠诚。我们在一起的生活充满了温柔，但同样也充满了悲伤。孩子们有时候会对她不耐烦，甚至生她的气，但是我在对待她的时候只有同情和关切。或许是我允许她纵容自己。要是我更强势，坚持她可以自己对抗这一切，或许她真能做得好一些。我很高兴你会生气。你可以对爱德华强势，坚持要他结束这场婚姻。

为了你，也为了我，我无法向你隐瞒我是多么希望你选择变革这条路。

我又要重新提及波吉特的办公室了。我希望你能好好想一想这间空房。假如此刻你就要做出决定，决定之后你的人生中就有东西将会缺席，那么哪些缺席的东西会给这个房间留下巨大的空虚呢？

我会等待的。

你亲爱的

安德斯

苏格兰

3月20日

我亲爱的安德斯：

我已经做出了选择。我觉得不管何时我其实都会做出这种选择。又或者说，其中不无你的原因。我在某个全然陌生的地方，对这地方来说我也是个陌生人。此时此刻，我正在苏格兰西海岸的一个小屋里，看着暴风雨穿越大西洋而来，过境之处改变了山脉、岩石以及海洋的模样。这就是我能从窗户里看见的一切了——山脉、岩石，还有海洋。四天前我来到这里，之后哪儿也没去。明天我会开车去那高低起伏的广袤土地上驰骋，去寻找一个能让我买到面包、牛奶、奶酪和酒这些安慰品的地方。我还有充足的木柴。我已经走出了愤怒和痛苦，并且找到了某种满足感。悲伤可能在地平线的另一边，但是还没有被吹进来。

在收到你的来信之前，我还没有做任何决定，也没有心思去做任何决定。事实上，我甚至不觉得应该是由我来做决定。正如我在上一封信里对你说的，我的心里始终盘桓着自己并不无辜的想法，所以我应当让爱德华来尝试，来找出解决这件事的办法，来维持我们的婚姻，这是我欠他的。我想我一直都是在等，等着他来说明自己打算怎么做，会做出怎样的承诺，可能建议我们做出怎样的妥协来让两个人继续走下去。或者他宁愿回到从前，回到我们之前的那种生活方式。而你把那些选项摆在了我的面前，我读着你的建议，开始思考自己的婚姻，这是有史以来第一次，我觉得它并不是什么亘古不变的东西。于是我想，如果它真是坚固不变的，我无论做什么也不可能扭转它吧？我仍旧是以一种超然的方式在思考，就好像这些决定并不是我要做的，就好像我必须等别的什么事情发生，而这件事又会导致下一件事发生，然后就能不做决定也可以让生活继续下去。

确实有事情发生了。爱德华发来了消息，询问他是否可以安排一个时间和我见一面。“我们得往前走。”他说。这是一个口头消息。如果他给我写信的话，我肯定能认出他的笔迹来，因为我已经熟悉了他写的清单、操作说明和潦草的提醒，就丢在桌子上，或者钉在牲口棚的柱子上。尽管我经常看见他的笔迹，却从来没有收到过他写给我的任何私人的东西。即便到了这把年纪，我还是会很珍惜每张字条，但他没有机会知道。他的做法一如往常——让安德鲁给我传个消息。我回了消息，也是口头消息（要公平一点，我也是努力试图公平的，我几乎没有给爱德华写过什么很私密的东西，或许偶尔有一种明信片吧）。我定了一个他可以到贝拉的公寓来见我的时间。我认为只要不在农场见面，我就能握紧自己超然的态度。

到了那一天，到了我安排的时间，下起了雨。如果问起来，我可能会觉得这个月大部分时间都在下雨，其实并非如此，大多数时候只是阴天，没有阳光。当路虎车抵达，爱德华从车上下来时，我正从贝拉的窗户向外看。从上面看下去，他比我原本印象中的更矮、肩膀更宽。紧接着另一扇门也打开了，达芙妮·特莱格从座椅上滑下来，快步走到了门廊下，往公寓楼里走来。我当即就想到了你的第一个选项——“毫无改变”。

我让他们进来了。在贝拉的公寓里，达芙妮看起来和平常一样，爱德华看起来则很尴尬。我让他们坐了下来，让他们说话。爱德华先开口。他对我说，没有我，农舍变成了一个很悲伤的地方，我回到家里对他来说非常重要。达芙妮清了清喉咙，屁股在沙发垫上挪了挪。但是呢，爱德华说，我也必须明白，无论做怎样的安排，我都不是唯一有权被考虑在内的那个人。他同样也非常在意达芙妮，他不能在如今事情全部公之于众的时候残忍地把她丢在一边。他希望我能承认达芙妮也有获得幸福的需求。

“你是什么意思？”看他似乎快要耗尽那些陈词滥调，我便问道。他又说了很久，用了更多词汇，比我复述给你的要含糊得多。所以，结果就这么一点一点地挤了出来。达芙妮承担了更多的解释工作，看我并没有表示反对，他们两个人都松了口气，表现得更为自信了。爱德华会买一栋房子给达芙妮住，他们解释说，比她现在住的房子离农场更近。从某种程度上来说，这将会是他的第二个家。我可以保留妻子的身份，保留我可爱的大房子，继续过着和从前别无二致的生活。所以，我为什么要嫉妒她呢？我为什么要反对爱德华呢？我们将如成年人一般表现，谁都不会受到伤害。

我很好奇，他们是否有可能说动我？他们有没有做好我可能会接受这个提议的准备？我希望没有。当然了，爱德华是能令人着迷的，而且我和他一起生活了这么久，很有可能对他心软，甚至有那么一点同情他，面对日常生活的断裂令他痛苦，而我则会寻找缓解他痛苦的方法。出于丈夫和我之间那种本能的联系，我很有可能会做出让步。我不再管这个叫爱情，尽管这曾是我给这种关系的名字，也是我们结婚这么多年以来我用在他身上的词。但他不是自己来的，达芙妮实在是太肤浅了，她说的每件事都是那么自私自利，在她身边，爱德华看起来很虚弱，是那么不确定。我甚至不能肯定这是他想要的解决方法，还是她操控他提出的这种要求。然而，我也不是与你通信之前的那个女人了。在我向你剖析自己的过程中，我已经对自己有了清楚的认识。这给了我力量和勇气。

在我说些什么回应他们之前，他们是不会离开的。所以我说，我会考虑这个方案。这让他们很满意——尽管这根本是毫无意义的说辞——我并没有具体说明这个“方案”到底是什么，但是他们就当作我指的是他们摆在我面前的那个方案。然而他们错了。与之相反，我还把你建议的其他选项都考虑了一遍，但不是按照你建议的顺序来考虑的。我率先考虑的是“变革”，我也明白你希望我问自己的是什么。如果爱德华不在，那个房间对我来说会不会空空荡荡？答案并没有那么简单，对这个问题的思考又让我回到了第二个和第三个选项。我会告诉你为什么。答案和农场有关，如果他不在农舍里，我会不会想念他？会。

如果爱德华不在，农舍的那些房间就会被空虚填满。我几乎没有办法在他平常生活的地方走动——厨房，他坐在那里吃饭、说话；一个暖隔间，是走廊尽头的一个小房间，不太整洁，却很温馨，他有他的电脑和电话；客厅，结束一天的工作后他坐在那里喝酒。如果爱德华不在身旁，那这些房间也都失去了意义，只是进来出去而已，但是只有在农场里才会这样。要是我选择你的第三个选项，宣布独自在那里生活，让他搬去别的什么地方，他可以在任何他搬去的地方度过余生，想过多久就过多久，等他走了以后，房间里将不再有他的痕迹，那种身处于动物和机器当中的户外生活所独有的气息也将迅速褪色。当这一切褪色，没有人会在环顾四周的时候期待突然看见他，就像我在贝拉的公寓里期待看见她一样。贝拉的公寓是她短暂生活过的地方，但因为她是那么重要，那么特别，房间里只有她，没有其他人，虽然她在那里住的时间不久，但是在她离开后，空气里还是保留着她的气息。你所描述的那间办公室也不是你经常见波吉特的地方，不是她经常去的地方，如果我理解正确的话。但是即便你以前从来没有去过，你也能走进她曾经出现过的那个地方，感觉到自己失去了她。而我呢，却只能在爱德华出生的这个地方，这栋建筑的房间里，感觉到自己失去了他。

每当想到自己的婚姻，我都是很清醒的。从开始给你写信以后，我就常常想起，我是带着非常实际的感情，全身心将自己投入婚姻的，但与此同时，我还是有所保留。我和它保持了一定距离，在我心里有一个地方，这里没有人也没有任何事情能够打扰到我，我保留了这个区域。面对爱德华身体和感情上的需要，我从来没有吝啬对他的付出。尽一切可能让他感到舒适，在工作上给予他支持，我将这些视为自己的工作，但是我没能像他一样爱上农场。我感觉自己就像是扫过农场表面的掸子，保证它的清洁。要是能够让爱德华把那种稀奇古怪的想法用语言表达出来，他就会看出自己是这个地方的心肺，维持着农场的运转。如果他能跟我说实话，他就不得不承认，对他来说，农场比我重要。他之所以爱我，只是因为我是让这里正常运作的齿轮和活塞。

想到以上这些，我不禁又要想，如果爱德华不是农民，没有一门心思扎在这个地方，做着现在的工作，一切又会是什么样子？我是不是就会屈服于这些隐秘的想法和感受，到达凡是没有他的房间都觉得空荡荡的程度？多傻呀，你肯定会这么自言自语，这就好像是在说“要是我和别的什么人结了婚，可能就会开心一点”。多傻啊，这个念头刚从脑袋里冒出来时，我就这么对自己说了。这就好像是在说，他和达芙妮·特莱格的关系——她比我更会表达，她在表达自己的开心、伤心，还有不满时都要清晰得多——从某些方面来说是必然产物，我可以调整自己和这个男人结婚，却没有办法调整自己在这个地方所处的等级地位。为这个农场做牛做马，无论是过去还是现在，我都背负着长期辛勤劳作的重担。没有什么能为他做的事情辩护，没有什么能支持他们向我提出这样的建议，这种妥协会丢尽我们每个人的脸面。

达芙妮和爱德华离开公寓楼的时候，我从贝拉公寓的窗口看出去。达芙妮从门廊下迈出去一步，然后又退了回来——雨还在下。爱德华跑着穿过停车场开来路虎车，开到尽可能靠近达芙妮站着的躲雨处。这是一种我未曾期待他向我展现的礼貌。我承认，如果我这么要求，他肯定会这么做。但是我从来没有要求过。处在达芙妮的位置上，我会觉得车就在那边，我离得也不算远，我也有腿，为什么不能自己走？或许在某些方面，达芙妮比我更适合爱德华，她会强迫他去在意她。

经过那个湿淋淋的下午，我明白了，在保持舒适这个追求上，我对爱德华来说有多重要，然而这并不是真正的必不可少。那么，既然不是必不可少的，我也没有留下的理由了。

第二天，我开车去了农场，径直走进了厨房，爱德华和达芙妮正坐在厨房的桌子边喝茶，就像爱德华和我这么多年来曾经坐在那里一样。我还注意到，他们用的是我的茶壶保暖套。爱德华拉开自己的椅子站了起来，满脸通红，表情充满希望。达芙妮刚刚将马克杯举到唇边，不知道是该继续把茶喝光呢，还是应该放下来。在犹豫不决间，她失手掉了杯子，打碎在石头地面上，一些碎片从打碎的地方弹到角落里和家具下面，我敢肯定它们会在那里待上几个月。

“我是来打包一些东西的。”我说着就从他们旁边走了过去。

“你要走？”达芙妮问道，声音听上去充满希望。她对我离开这个房间时留给她去扛的重担一无所知。

爱德华跟了上来。在我们的卧室里，我收拾东西，他关上了门，然后跟我说，如果不再见达芙妮才能让我留下来，那么他就不再见她。他说要是我不喜欢，就没必要顺应他们昨天的提议，我们只要回到从前的生活就好了。

“我并不全是因为达芙妮才走的。”我说，“我之所以要走，是因为我并不觉得我在这里的生活、和你一起的生活，是我自己曾经想要的那种生活。”他一屁股坐在床上，双手抱头。“和我一起的生活也不完全是你想要的生活，不是吗？”我继续说，“如果是的话，你就不会找达芙妮了。”

“你的意思是说这并不全是我的错？”他说道。

“这就是我要说的。”

“你还会回来吗？”

“会回来看看。我还有两个儿子、两个孙子住在这里。”

“你要去哪里？”

“等我到了以后会让你知道的。”

他把我的行李箱拿下楼，放进车里。达芙妮仍旧坐在桌边，身边环绕着一圈马克杯的碎片。我从她身边经过时把保温套从茶壶上取了下来，塞进包里。

“哦……”她张了张嘴。

“你自己再织一个。”我说道，这样显然很小气，但是感觉很爽。

在我开车经过转角上了公路时，爱德华仍站在原地目送我离开。对他来说，最为重要的一切都留在了他的生活中，我由衷地相信，即便我不在他也会像我在的时候一样快乐，只要他找到了另一个干零活儿的人。但我确信，这个人不会是达芙妮。

在这个满是泥煤和酸性土壤的边缘小村里，我一直在重读《沼泽居民》。我又看了一遍托兰人身体的图片，阅读了有关保护得最好的部分的描述——他的心脏和肺部、他的消化道、他的性器官，以及他的帽子。我戴上了自己编织的那顶巴拉克拉法帽——

这里同样风很大、天气很冷——我总是想，在我戴上这顶帽子出门散步时，也是被用同样的方法保护起来了。所有重要的东西还在原位，却罢工了。我的外表就像他一样，衣衫褴褛；我的大脑可能也萎缩了一点。至于我的脸——格鲁伯教授将托兰人的脸描述为“庄严而温柔”的组合，我希望自己的脸也是这样，很温和，但又不失尊严。我看着镜子，把自己想象得更像托兰人了。

这不就是我们开始这段通信的地方吗？

覆盆子在苏格兰长得很好，蕨类植物也是。现在还不到覆盆子结果的时节，但是蕨类植物很快就要张开叶片。我知道我还有决定要去做，但是在做出决定之前，我需要时间来让一切圆满。

蒂娜

锡尔克堡

3月21日

最亲爱的蒂娜：

我在等你。我会等着你，每一天，在博物馆的咖啡厅里，在中午十二点到下午两点之间。我会一直盯着大门，等待你的到来。不必告诉我你要来，即使从来没有看见过你的面庞，我也依然能认出你。我能通过这几个月来你寄给我的图片了解你的样子，那是文字勾勒的肖像。我倾听过你告诉我的一切，也在寂静中听见了你没有说出口的话语。我希望你踏进门来的时候是微笑的，因为最终你还是来到了自己一直想来的地方。我也会面带微笑，因为我们在一起，在同一个房间里。

博物馆每天都开门。

即便你没有收到这封信，你也会知道我在等你。托兰人也在等你。为了等待你的到来，他已经等了两千年岁月。请到这里来吧。

永怀爱意

安德斯

后记

托兰人是一具保存完好的遗体，来自公元前250年左右，1950年出土于日德兰半岛边缘地区的一个泥炭沼泽。他的头上戴着帽子，腰上系着腰带，脖子上有绞索。P. V. 格鲁伯教授是负责本次挖掘工作的丹麦考古学家，同时负责对出土文物进行研究。他撰写了一本书——《沼泽居民》，出版于1969年，内容包括这次以及其他考古发现。1970年，谢默斯·希尼写了一首名为《托兰人》的诗歌，收录于他在1972年出版的诗集《在外过冬》。

2010年，希尼在《泰晤士报》上发表了一篇随笔，在着手整理新诗集《人之链》前再度梳理了自己对托兰人的看法。在文章之前是一张照片，照片里是“来自铁器时代的一位邻居那保存完好、庄严而温柔的面庞”。从那时开始，那张照片就一直钉在我的墙上。希尼挑选出这样的短语来描述托兰人的特征，这种描述击中了我。在我的一生当中，我所认识的那些已经去世的人，他们的身体早已化为乌有，而这个死于两千年前的男人的身体却惊人地保存了下来。即使我们都知道他死于暴力，但是那平静而陷入深思的表情看上去仿佛是个带来宽慰的使者，好像随时可以开口说话。和他外表相似的男人、女人如今还活在世上，就住在隔壁街区，走着同一条路，理所当然地认为食物、安全、温暖就是他们生命中要为之奋斗的事业。

在我凝视托兰人的面庞时，这本书便渐渐有了雏形。

书中的锡尔克堡博物馆并不是我杜撰的，如我所描述的，它是真实存在的。如果有幸运的读者刚好离丹麦很近，又有时间，可以去那里参观。我只是杜撰了安德斯这个人物，他在这家博物馆工作，不过他以及他从事的工作都跟这家博物馆的工作人员及其工作内容无关。

文献摘要

《沼泽居民》（*The Bog People*）这本书作为费伯发现系列图书仍然可以找到。另有一本书叫《托兰人：来自上帝的礼物》（*Tollund Man: Gift to the Gods*），作者是克里斯蒂安·费舍尔，锡尔克堡博物馆馆长，由历史出版社出版。

致谢

感谢：

詹姆斯·哈维斯，感谢他的鼓励、支持与建议。

朱迪斯·默里和格林&西顿团队（特别要感谢罗斯·科伊尔和凯特·里佐），简·罗森和环球出版团队，感谢他们如此专业尽责的工作。

菲奥娜·克拉克、萨拉·米莉肯博士和丽贝卡·麦凯，感谢她们最初的反馈。

切里·劳埃德、贝芙·默里、伊丽莎白·克罗利，她们和丽贝卡·麦凯一样，都是我在写作上不可或缺的好友。

黛博拉·华纳，感谢她将充满灵感的小屋借我栖身。

图书在版编目（CIP）数据

相约博物馆 /（英）安妮 · 扬森著；姚瑶译.—北京：北京联合出版公司，2020.7（2020.11重印）
ISBN 978-7-5596-4170-0

Ⅰ.①相… Ⅱ.①安… ②姚… Ⅲ.①书信集—英国—现代 Ⅳ.①I561.65

中国版本图书馆CIP数据核字（2020）第058688号

北京市版权局著作权合同登记　图字：01-2020-2346号

MEET ME AT THE MUSEUM by Anne Youngson
Copyright © 2018 by Anne Youngson
Published by arrangement with Greene & Heaton Ltd., through The Grayhawk Agency Ltd.
Simplified Chinese translation copyright © 2020 by Beijing Xiron Books Co., Ltd.
ALL RIGHTS RESERVED

相约博物馆

作　　者：（英）安妮 · 扬森
译　　者：姚　瑶
责任编辑：李　伟

北京联合出版公司出版
（北京市西城区德外大街83号楼9层　100088）
天津旭丰源印刷有限公司印刷　新华书店经销
字数167千字　880毫米 × 1230毫米　1/32　印张7.75
2020年7月第1版　2020年11月第2次印刷
ISBN 978-7-5596-4170-0
定价：45.00元

版权所有，侵权必究
未经许可，不得以任何方式复制或抄袭本书部分或全部内容
如发现图书质量问题，可联系调换。质量投诉电话：010-82069336